诗词探玄

第七册

王光铭 选编

意部

ZHEJIANG UNIVERSITY PRESS
浙江大学出版社

目 录

第六 意部

(一)文房四宝

(二)诗 书 画

一、诗

1. 诗 论

二、书　法

三、画

1. 题画 题扇

2. 题写真　题照

(三)体 裁

一、竹枝词

二、杨柳枝

三、游仙诗

四、睡 梦

五、无 题

(四)情　感

一、自嘲　咏怀

二、感慨 悲愤

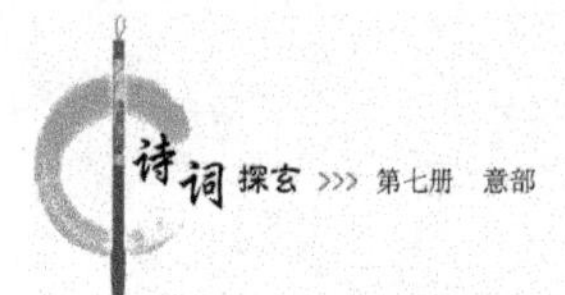

(五)音　乐

一、琴　瑟

二、琵　琶

三、笙　箫　笛

四、其　他

(六)歌　舞

(七)博弈及其他

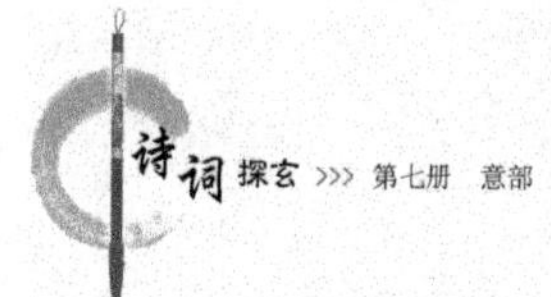

（一）文房四宝

对韩少尹所赠砚有怀　(唐)韦应物

故人谪遐远，留砚宠斯文。白水浮香墨，清池满夏云。念离心已永，感物思徒纷。未有桂阳使，裁书一报君。

谢柳子厚寄叠石砚　(唐)刘禹锡

常时同砚席，寄此感离群。清越敲寒玉，参差叠碧云。烟岚余斐亹，水墨两氛氲。好与陶贞白，松窗写紫文。

唐秀才赠端州紫石砚，以诗答之　(唐)刘禹锡

端州石砚人间重，赠我应知正草玄。瞿蜕园按：疑禹锡在朗州时有著书，故云。阙里孔子故里。在今山东曲阜城内阙里街。亦借指儒学。庙堂空旧物，开方灶下岂天然。玉蜍吐水霞光静，彩翰摇风绛锦鲜。此日佣工记名姓，因君数到墨池前。

杨尚书时杨于陵刺郴州寄郴读琛平声笔，知是小生本样，令更商榷，使尽其功，辄献长句 （唐）柳宗元

截玉铦锥铦读纤，平声。铦锥，锐利的锥子，形容笔尖。作妙形，此第一句写笔，谓其管似玉。贮云含雾到南溟。南溟即南海，指郴州。此第二句写寄。郴州近海，故曰南溟。尚书旧用裁天诏，内史新将写道经。用王羲之任会稽内史时为山阴道士写《道德经》事，见《晋书》。此三四两句美之之词，美之云者，所以重其寄也。曲艺小艺也，此指书法。岂能裨损益，微辞只欲播芳馨。此两句却是谦之之词，谦云者，益所以重其寄也。桂阳郴州隋时属桂阳郡。卿月卿月为月亮的美称，语出《尚书・洪范》："王者惟岁，卿士惟月。"光辉遍，毫末应传顾兔灵。《楚辞》："夜光何德，死则又育，厥利维何，而顾兔在腹。"言月中有兔，居月之腹。此诗意谓此笔当是顾兔之毫。"桂阳卿月"指尚书杨于陵，其时于陵刺郴州。末句写笔之妙耳。

袭美以紫石砚见赠，以诗迎之 （唐）陆龟蒙

霞骨坚来玉自愁，琢成飞燕古钗头。澄沙脆弱闻应伏，青铁沉埋见亦羞。最称风亭批碧简，好将云窦渍寒流。君能把赠闲吟客，偏写江南物象酬。

谢人墨 （唐）僧齐己

珍重岁寒烟，携来路几千。只应真典诰，消得苦

磨研。正色浮端砚，精光动蜀笺。因君强濡染，舍此即忘筌。

元珍以诗送绿石砚，所谓玉堂新样者　(北宋)王安石

玉堂新样世争传，况以蛮溪绿石镌。镌读娟，平声。雕刻也。嗟我长来无异物，愧君持赠有佳篇。久埋瘴雾看犹湿，一取春波洗更鲜。还与故人袍色似，论心于此亦同坚。

谢宋汉杰惠李承晏墨　(北宋)苏　轼

老松烧尽结轻花，妙法来从北李家。翠色冷光何所似，墙东鬒发堕寒鸦。古墨法云："色不染手，光可射人。"此之鬒发寒鸦亦取有仍氏女发光可鉴人也。

和人求笔迹　(北宋)苏　轼

麦光纸名。《一统志》：徽州府歙县龙须山出纸，有麦光、白滑、水翼、凝霜之名。铺几净无瑕，入夜青灯照眼花。从此剡藤真可吊，舒元舆作《吊剡溪藤文》：言今之世错为文者，夭阏剡溪藤之流也。半纡春蚓绾秋蛇。唐太宗《论萧子云书》："行行若萦春蚓，字字如绾秋蛇。"盖讥其无骨力也。

次韵宋肇惠澄心纸二首　（北宋）苏 轼

诗老此指梅圣俞。囊空一不留，百番纸一幅为一番，见张华《博物志》。曾作百金收。知君也要雕肝肾，韩愈诗："不用雕琢愁肝肾。"分我江南数斛愁。澄心纸为江南李后主制，故曰：江南数斛愁。作者自注云：永叔以澄心纸百幅遗圣俞，圣俞有诗。

君家家学陋相如，宋子京好阴涩之语，故曰：家学陋相如也。宜与诸儒论石渠。《汉书·儒林列传》：甘露中，施雠与五经诸儒论同异于石渠阁。古纸无多且分我，自应给札奏新书。

龙尾石砚寄犹子远　（北宋）苏 轼

皎皎穿云月，青青出水荷。文章工点黵，黵读辇，上声。点黵谓草书字势。崔瑗《草书势》："或黝黜点黵，状似连珠；绝而不离。畜怒怫郁，放逸生奇。"忠义老研磨。伟节何须怒，宽饶要少和。《汉书》："盖宽饶自以行能清高，而为凡庸所越，愈失意不快，数上书谏争……竟被害。"吾衰安用此，寄与小东坡。作者自注云："远为人类予。"全篇不出"砚"字，古人咏物皆类此。

次韵和子由欲得骊山澄泥砚　（北宋）苏 轼

举世争称邺瓦坚，一枚不换百金颁。后世以铜雀台瓦为砚，世所贵重。岂知好事王夫子，王夫子指王颐，时为武功县令。自采临潼绣岭山。《山海经》：骊山左右皆峻岭，云霞绣错，因有绣岭之名。经火尚含泉脉暖，吊秦《史记》：葬秦始皇于骊山。应有泪痕潸。封题寄去吾无用，近日从戎拟学班。时夏人入寇，朝廷方遣王素视师平凉，故落句拟学班超云云。

和答钱穆父咏猩猩毛笔　（北宋）黄庭坚

爱酒醉魂在，能言机事疏。平生几两屐，身后五车书。物色看王会，贞观时，颜师古请如周史臣集四夷朝事为《王会篇》。令黠戛斯大通中国，宜为《王会图》以示后世。勋劳在石渠。拔毛能济世，端为谢杨朱。《孟子》："杨氏为我，拔一毛而利天下，不为也。"

（元）方回：用事所出，详见任渊注本。此诗所以妙者，"平生"、"身后"、"几两屐"、"五车书"，自是四个出处，于猩猩毛笔何干涉？乃善能融化斡排至此。末句用"拔毛"事，后之学诗者，不知此机诀不能入三昧也。山谷更有两绝句，亦可喜。——《瀛奎律髓汇评》

（清）纪昀：此说精妙。——同上

（清）冯舒：如此用事，粘皮带骨之极矣。且题是"笔"，起二句如何只说"猩猩"，至第四句方出"笔"耶？况既以为笔，则凡书皆可写，又何止"五车"耶？此等俱逗漏之极，必以为佳，我所不角。东坡云"作诗必此诗，定知非诗人"。正为此等下针也。"江西派"诗多用新事而不得古人绳尺，冗碎疏浊，衬贴不稳，剪裁脱漏。值其乖谬，便似不解捉笔者，更不及"昆体"宛约细润。——同上

（清）冯班：此"江西"法也。彼法中佳作也。第四句方见笔何也？"江西"体须如此。〇古人用事，意在词中，即诗人比兴之变也。此作粘滞割裂，殊无古人法。用事如此，真文章一大厄。——同上

（清）纪昀：先从"猩猩"引入，然后转入"笔"字，题径甚窄，不得不

如此展步。冯氏讥其次句不入“笔”字，竟是不知艰苦语。——同上

（清）查慎行：三、四属物耶？属人耶？终觉去题太远。使老杜为之，必别有斡排之法。——同上

（清）张载华：王渔洋先生《分甘余话》论此诗三、四两句云“超脱而精切，一字不可移易”。先兄含广所纂《带经堂诗话》于附识中采录先生此条评语，持论极为精当。盖咏物，诗家最难，妙在不即不离。若去题太远，恐初学从此入手，未免艰涩费解。先生晚年点阅《律髓》，“晚节渐于诗律细”，所以指示未学者，用意深矣。——同上

（清）何焯：结句真恶道矣。前半两两相承，议其第四方出“笔”，却非也。巧而不稳。——同上

（清）纪昀：点化甚妙，笔有化工。可为咏物用事之法。○三、四可以增人智慧，五句却太宽，结微近纤，然小题不甚避此。——同上

（清）许印芳：“在”、“能”字复。“朱”押通韵。——同上

戏题猩猩毛笔两首　（北宋）黄庭坚

桄榔叶暗宾郎红，朋友相呼堕酒中。政以多知巧言语，失身来作管城公。

明窗脱帽见蒙茸，醉着青鞋在眼中。束缚《毛颖传》：“聚其族而加束缚焉。”归来傥无辱，逢时犹作黑头公。《北史·古弼传》：“弼头尖，帝常名之曰‘笔头’，时人呼之为‘笔公’。”

镇平寄侄孙伯安笔　（金）元好问

隆颀犀角掌中珠，不见轻年日念渠。领取阿翁郎

管笔，试教学写问安书。

铜雀台瓦砚　(金)元好问

爱惜铅花洗又看，画栏桂树雨声寒。千年不作鸳鸯去，唤得书生笑老瞒。

一寸金·赠笔工刘衍　(南宋)吴文英

秋入中山，中山地名。在今河北定县。产笔毫最佳。韩愈《毛颖传》：毛颖者，中山人也。臂隼牵卢卢，犬也。纵长猎。见骇读亥，去声。毛飞雪，章台献颖，臞腰束缟，汤沐疏邑。筤读朗，平声。幼竹也。管刊琼牒。苍梧恨、帝娥暗泣。指湘竹，笔管也。陶郎老、《毛颖传》："颖与绛人陈玄(指墨)、弘农陶泓(指砚)及会稽褚先生(指纸)相友善。"憔悴玄香，玄香指墨。禁苑犹催夜俱入。　自叹江湖，雕龙心尽，相携蠹鱼箧。念醉魂悠扬，折钗言书法折钗股，屋漏痕。锦字，黠读夹，入声。髯掀舞，流觞春帖。春帖指《兰亭序》。因有"暮春之初"句。还倚荆溪楫。荆溪在江苏省南部，南宋时为制笔中心。金刀氏、切姓。尚传旧业。劳君为、脱帽篷窗，寓情题水叶。红叶题诗。梦窗此词全用《毛颖传》与《宴清都》"咏连理海棠"，下片全用《长恨歌》同法。

观工人琢砚　(清)曹溶

廿年裘马半从军，羞见羊家白练裙。自笑归装轻如叶，不妨多载岭南云。

再题研山绝句示竹垞 (清)王士禛

南唐宝石劫灰余，长与幽人伴著书。青峭数峰无恙在，不须泪滴玉蟾蜍。王士禛《香祖笔记》云："南唐李主研山，后归米元章。米与苏仲恭学士家易北固甘露寺海岳庵地。宣和入御府。事详《避世漫钞》。后又四百余年，不知更易几姓，而至新安许文穆家。已而归嘉禾朱文恪(国祚)。予戊辰春，从文恪曾孙检讨彝尊京丘见之，真奇物也。检讨请予赋诗，既为作长句，又题一绝云云。后二年复入京师，则研山又为昆山徐司寇购去矣。今又十五年，不知尚藏徐氏否？"青峭数峰"盖用南唐元宗语。元章既失研山赋诗云："研山不可见，哦诗徒叹息，惟有玉蟾蜍，向予频泪滴。"皆用本事也。

赠顾二娘 (清)黄 慎

一寸干将切紫泥，专诸门巷原注：顾家于专诸旧里。日初西。如何轧轧鸣机手，割遍端州十里溪。袁枚《随园诗话》："……后晤顾竹亭，云：顾二娘制砚，能以鞋尖试石之好丑，人故以'顾小足'称之。"○徐珂《清稗类钞》："顺康间，吴门有顾德麟，号顾道人者，工琢砚。德麟死，艺传于子。子不寿，媳邹氏袭其业。俗称顾二娘，又名顾亲娘者是也。二娘生平所制砚不及百方，非端溪老坑佳石不奏刀。相传以鞋尖点石，即能辨别瑕瑜，亦奇技也。"

题林涪云陶舫砚铭册后 (清)黄 慎

古款微凹积墨香，纤纤女手切干将。谁倾几滴梨花雨，一洒泉台顾二娘。

余在端州十阅月未尝得一砚，其冬，端之人伐东西岩群采取焉，馈予片石，予制为井田形，因系以诗。雍正三年十二月八日　（清）黄慎

他山半亩佃秋烟，琢得方形井地连。自笑不曾持一砚，留将片石当公田。

试砚诗二首　（清）符曾

竹雀丛丛啅夕阳，幽窗启处室生凉。徒教画轴云烟过，泪滴空余古研香。

云林堂峻仿倪迂，彝鼎摩挲今在无？一片秋光上吟屋，萧廖阑角冷双梧。

砚　（清）顾陈垿

端溪谁割紫云腴，万古文心向此摅。摅，抒发也。班固《两都赋》："摅怀旧之蓄念，发思古之幽情。"小点墨池成巨浪，就中飞出北溟鱼。北溟鱼指鲲。比喻宏伟远大的志向或事业。见《庄子·逍遥游》。

和黄莘田即黄慎。 (清)陈兆仑

淡淡梨花黯黯香，芳名谁遣勒词扬。明珠七字端溪吏，乐府千秋顾二娘。自跋云："谁倾几点梨花雨，一洒泉台顾二娘。"莘田句也。……〇法式善《梧门诗话》云："黄莘田有砚癖，名其居曰'十砚斋'。夫人庄氏亦性爱砚，尝蓄一佳者，字之曰'生春红'。夫人殁，莘田哭之曰'端江共汝买舟归，翠羽明珠汝不收。裹得生春红一片，至今墨沉泪交流。'取镌砚背。"

自题校勘《四库全书》砚 (清)纪 昀

检校牙签十万余，濡毫滴渴玉蟾蜍。汗青头白休相笑，曾读人间未见书。

题砚匣二首 (清)纪 昀

笔札匆匆总似忙，晦翁原自笑钟王。老夫今已头如雪，恕我涂鸦亦未妨。

虽云老眼尚无花，其奈疏庸日有加。寄语清河张彦远，此翁原不入书家。按：晓岚不善书法，其书斋所设之砚有匣，乃镌二诗其上。(见徐珂《清稗类钞》)

赠黄莘田三首　(清)阮芝生

给谏声华一代才,珊瑚网向八闽开。千秋盛业传衣在,不负当年玉尺来。

珠湖一曲水云偏,四十年前泊画船。燕子归飞门巷改,伤心莫问旧平泉。

秋洒寒原宿草繁,故家文献几人存。谁知瘴岭千重外,白发门生话旧恩。阮葵生《茶余客话》:“福州黄莘田,诗才淹雅,为八闽巨手。宰四会,以耽砚劾归,许谨斋壬午典试所得士。师弟谊笃,往来淮南十数年。与乡先生皆相契。乾隆丙戌,紫坪(阮芝生)游闽中,莘田年逾八十矣。谈及师门后嗣凋零,园林荒落,太息失声,老泪盈把。因述生年知遇及当日门庭宾客之盛,紫坪即席赠以诗。”云云。

遗砚诗　(清)吴文溥

田园散尽屋庐荒,珍重青腴片石藏,不见琉璃镌匣字,安知家有砚山堂。吴文溥《南野堂笔记》:“先曾祖考选州司马逊庵公,平生酷嗜砚石,建砚山堂,贮砚三千匣,佳者八百枚,世称‘吴氏砚海’。砚匣用漆色类樱桃。”

题女史叶小鸾眉子砚　(清)归懋仪(女)

螺子轻研玉样温,摩挲中有古吟魂。一泓暖泻桃花水，洗出当年旧黛痕。

砚缘诗四首　（清）张问陶

祖孙隔世杳难寻，一砚居然阅古今。人愧家风疏笔墨，天还赐物镇山林。文章但守先臣志，得失安知上帝心。却笑陆生归老日，分儿空费橐中金。

伤心祖砚忍重开，手泽依然浣麝煤。拜受遗铭惭有德，留书信史恨无才。一官偶藉凌云颂，八口全居避债台。故物刚能传片石，那堪又历转轮来。

十年简对嫁黔娄，一卷新诗当蹇修。惟我佳人能得解，还君故物更何求。学书且喜从我好，觅句犹堪与妇谋。研到香螺狂不减，画眉家世本风流。

六大鹅笙引凤来，墨光鬟影共徘徊。袖中已遂襄阳癖，林下尤逢谢女才。娶妇也须无俗韵，生儿应免出凡材。白头同守端州石，肯让他家玉镜台。自序云：妇翁林西崖先生初任成都县时，有人持古砚求售，匣上玉符一，符下有铭，其末云“赐自大君，藏之渠厦，子孙宝之，传有德者”。翁知为故家赐物，赎而藏之。后二十年，余赘其家，见之，实先高祖文端公赴千叟宴时，仁庙所赐之绿端砚也，为族人所鬻。道于妇，妇以告翁，翁惊喜，以砚归余。且曰“吾始读君诗，爱之，因以女妻君。岂意二十年前，君早以此作纳采之物耶”。〇按：船山初赘于成都盐茶道署，尝作《砚缘诗》。林佩环为船山之继室。

题徐星溪春波洗砚图二首　（清）梁章巨

楼船横海纪殊勋，缓带轻裘又见君。一片绿波朝涤砚，满堂红烛夜论文。传来去病真无敌，写入丹青更不群。燕颔虎头奇相在，凌烟褒鄂漫风云。

枌社曾闻细柳开，弓刀千骑肃春雷。雅歌自有投壶兴，胜算非徒聚米才。鲸浪早从闽海靖，豹幢重指越山来。右军书法传曹霸，手写兰亭日几回。连横《台湾诗乘》："南海徐星溪都督庆超，乾隆甲寅举于乡。"雅好金石，家藏端溪紫砚一方，长尺有一寸，上广一尺，下八寸，《砚史》所谓风字样者，宋制也，有眼十，棋布砚池，皆正圆，名曰民岩。星溪自铭云："天只人只，十目所视。完璞自珍，薄冰是履。祖泽在田，臣心如水。清斯濯缨，永佩此旨。"末署"春波"二字。

（二）诗书画

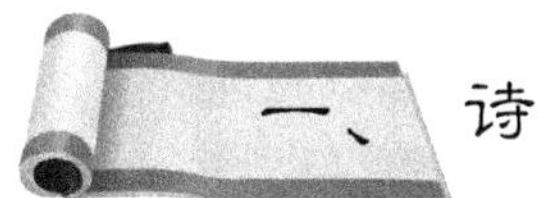

一、诗

1. 诗　论

戏为六绝句《杜诗镜铨》:"六首逐章承递,意思本属一串,旧注多错杂,今并正之。"○庾信、四杰,特借作影子,非谓诗道以此为至也。下四章俱属推开,旧解仍粘定前文,故多辗转不合。　(唐)杜　甫

庾信文章老更成,蒋云:"公每以庾信自比,殆亦兼遭时言之。"凌云健笔意纵横。《杜诗镜铨》:"当指《哀江南赋》而言。"今人嗤点流传赋,不觉前贤畏后生。张上若云:"六诗便为学诗指南。趋今拟古,世世相同。惟大家持论极平,着眼极正。"

(宋)张戒:此诗非为庾信、王、杨、卢、骆而作,乃子美自谓也。方子美在时,虽名满天下,人犹有议论其诗者,故有"嗤点"、"哂未休"之句。——《岁寒堂诗话》

(明)杨慎:庾信之诗,为梁之冠绝,启唐之先鞭。史评其诗曰绮艳,杜子美称之曰清新,又曰老成。绮艳、清新,人皆知之;而其老成,独子美能发其妙。余尝合而衍之曰:绮多伤质,艳多无骨;清易近薄,新易近尖。山子之诗,绮而有质,艳而有骨,清而不薄,新而不尖,所以为"老成"也。——《升庵诗话》

(明)谢榛:庾信《春赋》,间多诗语,赋体始大变矣。子美曰:"庾信

平生最萧瑟，暮年诗赋动江关。”托以自寓，非称信也。——《四溟诗话》

（明）王嗣奭：大有意思人，必不轻薄前辈；盖名下无虚士，必有独到处。老杜文章冠千古，其推尊前辈如此。“庾信文章”不曰老始成，而曰“更成”，其意可思。——《杜臆》

（清）浦起龙：首章提出“老更成”三字，便为后生顶门一针。——《读杜心解》

王杨卢骆王勃、杨炯、卢照邻、骆宾王，唐初号四杰。**当时体，轻薄为文哂未休。**《玉泉子》：“王、杨、卢、骆有文名，人议其疵曰，杨好用古人姓名，谓之点鬼簿；骆好用数目作对，谓之算博士。”**尔曹身与名俱灭，不废江河万古流。**浦注：首章下二反言以警醒之，此又正言以点破之。○杨伦《杜诗镜铨》云：“未免过誉，亦属有激之词，下章仍稍带抑，不失分寸。”

（宋）洪迈：王勃等四子之文，皆精切有本原。其用骈俪作记、序、碑、碣，盖一时体格如此，而后来颇议之。杜诗云：“王杨卢骆当时体……不废江河万古流。”正谓此耳。“身名俱灭”以责轻薄子，“江河万古”指四子也。——《容斋随笔》

（宋）张戒：夫子美诗超今冠古，一人而已，然其生也，人犹笑之；殁而后人敬之，况其下者乎？子美愤之，故云“尔曹身与名俱灭，不废江河万古流”、“龙文虎脊皆君驭，历块过都见尔曹也”。然子美岂真愤者，戏之而已……——《岁寒堂诗话》

（宋）葛立方：李太白、杜子美诗皆掣鲸手也。……然李不取建安七子，而杜独取垂拱四杰何耶？南皮之韵，固不足取；而王、杨、卢、骆亦诗人之小巧者尔，至有“不废江河万古流”之句，褒之岂不太甚乎？——《韵语阳秋》

纵使卢王操翰墨，劣于汉魏近风骚。谓不如汉魏之近风骚也。**龙文虎脊皆君驭，**《杜诗镜铨》：“谓超轶绝尘，只在人之自致，‘君’

字泛指。"**历块过都见尔曹**。尔曹专指后生。朱注:"龙文虎脊,虽堪充驭,然必试之历块过都,尔曹方可自见耳。极言前贤之未易贬也。"杨伦按:"此二句谓果能力追汉魏,方足跨轶卢王,不然而漫加嗤点,终未免陷于轻薄也。或谓仍赞王杨者非。"

(清)仇兆鳌:承上章。言纵使卢、王操笔,不如汉、魏近古,但似此"龙文虎脊",皆足供王者之用,若尔曹薄劣之材,试之长途,当自蹶耳,奈何轻议古人耶!——《杜诗详注》

(清)浦起龙:《风》、《骚》为韵语之祖。后末格调变移,造端于汉之苏、李,继轨于魏之建安。至唐初诸子出,而体裁又变。要之,皆同祖《风》、《骚》也。故言"纵使卢王操翰墨,劣于汉魏近风骚"者,要亦国初之《风》、《骚》也。……上抑下扬,极有分寸。——《读杜心解》

才力应难跨数公,《杜诗镜铨》:"此又总上三章评定之。"**凡今谁是出群雄**。《杜诗镜铨》:"隐然自负。"**或看翡翠兰苕上**,郭璞诗:"翡翠戏兰苕,容色更相鲜。"注:"兰苕,兰秀也。言珍禽芳草辉映可悦也。"**未掣鲸鱼碧海中**。《杜诗镜铨》:"此其所以难跨数公也,而可轻议乎。"

(宋)张戒:其云"或看翡翠兰苕上,未掣鲸鱼碧海中",若子美真所谓掣鲸鱼碧海中者也,而嫌于自许,故皆题为"戏句"。——《岁寒堂诗话》

(明)王嗣奭:但看翡翠于兰苕,未掣鲸鱼于碧海。采春华而忘秋实,此文人通病,其轻薄前辈以此。——《杜臆》

(清)仇兆鳌:此兼承上三章,才如庾、杨数公,应难跨出其上,今人亦谁是出群者!据其小巧适观,如戏翡翠于兰苕;岂能巨力惊人,若掣鲸鱼于碧海乎!——《杜诗详注》

不薄今人爱古人,《杜诗镜铨》:"此句可作一扬。"**清词丽句**

必为邻。《杜诗镜铨》:"言我非敢薄今人而专爱古人也。"窃攀屈宋宜方驾,恐与齐梁作后尘。《杜诗镜铨》:"庾信、四杰辈体格虽似略卑,其清词丽句,终必有近风骚者,所以能长久不废;今人好自矜诩,其果有卓卓可传者乎?"

(明)王嗣奭:谓我不薄今人之爱古人,而辞句必与为邻也。但学古人者在神不在貌,今优孟屈宋,自谓可与方驾,恐不免作齐梁之后尘耳。——《杜臆》

(清)仇兆鳌:言今人爱慕古人,取其清词丽句,而必与为邻,我亦岂敢薄之?但恐志大才庸,揣其意,窃思仰攀屈、宋,论其文,终作齐、梁后尘耳。——《杜诗详注》

(清)浦起龙:统言"今人",则齐、梁而下,四杰而外皆是;统言"古人",则汉、魏以上,《风》、《骚》以还皆是。"窃攀"、"恐后",直指附远谩今之病根而药之也。——《读杜心解》

(清)杨伦:俗子多好为高论,得少陵痛下针砭。此句又作一扬("不薄今人"句下)。——《杜诗镜铨》

未及前贤更勿疑,递相祖述《颜氏家训》:"传相祖述,寻问莫知源由。"复谁先。别裁伪体亲风雅,《杜诗镜铨》:"别裁谓区别而裁去之。"转益多师是汝师。《杜诗镜铨》:"风骚有真《风》、《骚》,汉魏有真汉魏,下而至于齐梁初唐,莫不有真面目焉。循流溯源而上追《三百篇》之旨,则皆吾师也。苟徒放言高论,而不能虚心而集益,亦终不离于伪体而已矣。知此公之所以为集大成欤?"《杜诗镜铨》:"张上若曰,六诗便为诗学指南。趋今议古,世世相同,惟大家持论极平,着眼极正。"〇昌黎诗:"李杜文章在,光焰万丈长。不知群儿愚,那用故谤伤。蚍蜉撼大树,可笑不自量。"当公之世,其诽诋者亦不少矣。故偶借庾信、四子以发其意。皆属自寓意多,非如遗山《论诗绝句》通论古今人之诗也。然"别裁伪体"、"转益多师",学诗之道,实不出此。

(明)杨慎:此少陵示后人以学诗之法。前二句,戒后人之愈趋愈下;后二句,勉后人之学乎其上也。盖谓后人不及前人者,以"递相祖述",日趋日下也。必也区别裁正浮伪之体,而上亲风雅,则诸公之上,"转益公多师",而"汝师"端在是矣。此说精妙……须溪语罗履泰之说,而予衍之耳。——《升庵诗话》

(明)王嗣奭:不知优孟古人皆"伪体"也,必须区别正其伪体,而直与《风》、《雅》为亲,始知前贤皆渊源于《风》、《雅》。"转益多师",而汝师在是也。——《杜臆》

(清)浦起龙:"递相祖述",前贤各有师承,如宗支之代嬗也……以齐、梁以下为沿流,正是后生附远谩近之张本……"复谁先"者,诘其轻嗤轻哂,妄分先后也。此三字,正笼起"多师"二字。〇齐梁体制,少陵亟称之。乃其自为诗,不闻有好滥燕女、趋数教辟之音。宋人力黜之,而诗反纤薄。然则古人所为"风雅"者,有本领焉,有原委焉。——《读杜心解》

读韩杜集　(唐)杜 牧

杜诗韩集愁来读,似倩麻姑痒处搔。天外凤凰谁得髓,无人解合续弦胶。

(宋)黄彻:谢玄晖善为诗,任彦昇工于笔,又云"任笔沈诗"。刘孝绰称弟仪与威云"三笔六诗"。故牧之云"杜诗韩集愁来读,似倩麻姑痒处搔"。近人兼用之,临川云"闲中用意归诗笔,静定安身比泰山"。——《䂬溪诗话》

(清)贺裳:紫微尝有句云"杜诗韩集愁来读,似倩麻姑痒处搔"。此正一生所得力处,故其诗文俱带豪健。"天外凤凰谁得髓,无人解合续弦胶。"虽隐然自负,未之敢许也。——《载酒园诗话》

寄答李方叔　（北宋）陈师道

平生经世策，寄食不资身。孰使文章著，能辞辙迹频。帝城分不入，书札诇何人。子未知吾懒，吾宁觉子贫。

（元）方回："帝城分不入"，"分"字不可不拗。又此诗四十字无一字粘景物，惟赵昌父能之。《汉书·陈咸传》"咸滞于郡守，时王晋辅政，信用陈汤。咸数赂遗汤子书曰'即蒙子公力，得入帝城，死不恨'"。"诇"，《汉书》注："侦伺也。"栎按：诚斋《送人下第》云："孰使文章太惊俗，何缘场屋不遗才。"即用后山此诗三、四一联句法意度，然皆老杜"文章憎命达"之遗意。——《瀛奎律髓汇评》

（清）纪昀：此自称栎者为谁？然则此书经后人之附益多矣。此亦失调，不可训。——同上

秋夜偶书　（南宋）赵师秀

此生谩与蠹鱼同，白发难收纸上功。言习俗日趋卑靡，所以不合时宜而难收纸上之功也。辅嗣易行无汉学，王弼，字辅嗣。言《易经》至辅弼而妙，然义理胜而训诂荒也。玄晖诗变有唐风。炼句至玄晖而工。然雕琢起而浑朴散也。夜长灯烬挑频落，秋老虫声听不穷。多少故人天禄此指食俸禄。《孟子·万章下》："弗与共天位也，弗与治天职也，弗与食天禄也。"贵，犹将寂寞叹扬雄。

（元）方回：三、四有议论，却不可以晚唐诗一例看，若如此推去尽高。——《瀛奎律髓汇评》

(清)纪昀：三、四婉而章，乃习俗日趋卑靡，所以不合时宜，而难收纸上之功也。以为议论则失之。结二句深婉有味，自古无人道，说来却平易近人。〇三、四语特蕴藉，盖说经至辅嗣而妙，然义理胜而训诂荒。炼句至玄晖而工，然雕琢起而浑朴散。宋末实有此弊。——同上

(清)许印芳：三、四全以议论见长，此宋人真面目，虚谷前评不错。如晓岚所解，其为议论益显然矣，而又斥虚谷之评为非，可怪也。——同上

论诗绝句三十首　(金)元好问

汉谣魏什久纷纭，正体无人与细论。谁是诗中疏凿开凿。郭璞《江赋》："若乃巴东之峡，夏后疏凿。"手，暂教泾渭各清浑。

曹刘坐啸虎生风，曹刘谓曹植、刘桢。四海无人角两雄。可惜并州刘越石，刘琨为并州刺史。不教横槊建安中。

邺下风流在晋多，谓晋继承建安遗风。壮怀犹见缺壶歌。壮怀指曹操"老骥伏枥，志在千里"诗。王敦吟此诗，以玉如意击缺唾壶。事见《世说新语》。风云若恨张华少，钟嵘评张华诗："恨其儿女情多，风云气少。"温李温庭筠和李商隐。新声奈尔何。

一语天然万古新，豪华落尽见真淳。南窗白日羲皇上，未害渊明是晋人。陶渊明云："五、六月中，北窗下卧，遇凉风暂至，自谓是羲皇上人。"

纵横诗笔见高情，何物能浇块垒平。《世说新语》：阮籍胸中垒块故须以酒浇之。老阮不狂谁会得，出门一笑大江横。

心画心声总失真，《法言》："言，心声也；书，心画也。"文章宁复见为人。高情千古闲居赋，争信安仁拜路尘。潘岳字安仁，作《闲居赋》，谄事贾谧，每候其出，望尘而拜。

慷慨歌谣绝不传，穹庐一曲本天然。中州万古英雄气，也到阴山敕勒川。

沈宋沈佺期、宋之问。横驰翰墨场，风流初不废齐梁。论功若准平吴例，合着黄金铸子昂。《吴越春秋》：越王勾践平吴后，以黄金铸范蠡像置座侧。

斗靡夸多费览观，陆陆机。文犹恨冗于潘。潘岳。心声只要传心了，布谷澜翻可是难。苏轼诗："口角澜翻如布谷。"

排比铺张特一途，藩篱如此亦区区。少陵自有连城壁，争奈微之识碔砆。碔砆，石之如玉者。事见元稹《子美墓志》。

眼处心生句自神，暗中摸索总非真。画图临出秦川景，亲到长安有几人。

望帝春心托杜鹃，佳人锦瑟怨华年。诗家总爱西昆好，独恨无人作郑笺。宋初，杨亿、钱惟演、晏殊、刘筠等效李商隐出《西昆酬唱集》。

万古文章有坦途，纵横谁似玉川卢。真书不入今人眼，儿辈从教鬼画符。卢仝字玉川，诗歌谲怪。

出处殊途听所安，山林何得贱衣冠。华歆一掷金随重，大是渠侬被眼谩。谩，欺也。

笔底银河落九天，何曾憔悴饭山前。世间东抹西涂手，枉著书生待鲁连。以李白比鲁仲连也。

切切秋虫万古情，灯前山鬼泪纵横。鉴湖春好《全唐诗话》：元稹视察浙江看到了刘采春，称她为鉴湖春色。无人赋，岸夹桃花锦浪生。

切响浮声发巧深，研摩虽苦果何心。浪翁水乐无宫徵，徵此读止，上声。古代以宫、商、角、徵、羽五个音阶为五音。自是云山韶濩音。浪翁，元结也，自称浪士。水乐指所作《欸乃曲》，其中有句云："停桡静听风中意，好是云山韶濩音。"

东野穷愁死不休，高天厚地一诗囚。江山万里潮阳笔，合在元龙百尺楼。此推尊韩愈而轻视孟郊也。

万古幽人在涧阿，百年孤愤竟如何。无人说与天随子，春草输赢较几多。陆龟蒙别号天随子。有诗云："无多药草在南荣，合有新苗次第生。稚子不知名品上，忍随春草斗输赢。"

谢客谢灵运幼年由杜治抚养，十五岁才回家，故小名客儿。风容映古今，发源谁似柳州深？朱弦一拂遗音在，却是当年寂寞心。谓柳宗元是晋之谢灵运。

窘步相仍死不前，唱酬无复见前贤。纵横正有凌云笔，俯仰随人亦可怜。

奇外无奇更出奇，一波才动万波随。只知诗到苏黄尽，沧海横流却是谁。《归潜志》云："古人赠答皆以不拘韵字，迨宋苏黄凡唱和须用元韵，往返数回以出奇。"

曲学曲学谓邪曲之学也。虚荒小说欺，俳谐怒骂岂诗宜。今人合笑古人拙，除却雅言都不知。

有情芍药含春泪，无力蔷薇卧晓枝。此二句为秦观诗。拈出退之山石句，韩愈《山石》诗云："山石荦确行路微，黄昏到寺蝙蝠飞。升堂坐阶新雨足，芭蕉叶大栀子肥。"始知渠是女郎诗。

乱后玄都失故基，看花诗在只堪悲。刘郎也是人间客，枉向春风怨兔葵。刘禹锡元和十一年游玄都诗："紫阳红尘……"太和三年再游玄都尽是兔葵野草。

金人洪炉不厌频，精真那计受纤尘。苏门果有忠臣在，肯放坡诗百态新。苏轼门下有黄庭坚、张耒、晁补之、秦观，称苏门四学士。

百年才觉古风回，元祐诸人次第来。元祐为宋哲宗年号,其时旧党执政,举世推崇苏轼。讳学金陵金陵指王安石。犹有说,竟将何罪废欧梅。指欧阳修、梅尧臣。

古雅难将子美杜甫。亲,精纯全失义山李商隐。真。论诗宁下涪翁黄庭坚。拜,未作江西社江西诗社,以黄庭坚为首里人。

池塘春草谢家春,万古千秋五字新。指谢灵运诗:“池塘生春草。”传语闭门陈正字,谓陈师道平日作诗闭门拥被而思索。可怜无补费精神。

撼树蚍蜉自觉狂,书生技痒爱论量。老来留得诗千首,却被何人校短长。

论诗三首　(金)元好问

坎井鸣蛙自一天,江山放眼更超然。情知春草池塘句,不到柴烟粪火边。

诗肠搜苦白头生,故纸尘昏枉乞灵。不信骊珠不难得,试看金翅擘沧溟。

晕碧裁红点缀匀,一回拈出一回新。鸳鸯绣了从教看,莫把金针度与人。朱熹云:“其所以不说破,便是禅。”所谓不着一字尽得风流者也。

答俊书记学诗 (金)元好问

诗为禅客添花锦，禅是诗家切玉刀。心地待渠明白了，百篇吾不惜眉毛。

答王克让 (明)郭 奎

南朝冠盖富才华，谢朓新诗五色霞。江水东来归渤海，河源西上接流沙。如今骏马谁收骨，自古牵牛不服车。每忆古人王逸少，沧洲拾翠折疏麻。

德兴山中 (明)郭 奎

文词秀发建安风，三十红颜卫玠同。却忆《周南》求淑女，几时寤寐在丝桐。按：郭奎从事朱元璋从子朱文正洪都大都督府为辅佐参谋，后文正得罪，郭奎以不谏罪被诛。

论诗绝句 (明)张以宁

富贵辞夸奈俗何，清虚趣胜亦诗魔。白云瑶草红尘外，终胜黄莺绿柳多。

论诗三首　(明)王　绂

钓诗钩

好句如璜得者难，江天佳趣浩漫漫。长吟对酒初投饵，小立支筇胜把竿。兴逐白鸥挥彩笔，思牵华藻出层澜。只今湖海多风雅，不独名高七里滩。

煅诗炉

物情为炭趣为铜，始信经营意匠工。光焰腾冲天上下，闻锋淬就剑雌雄。推敲句法从精炼，陶冶心云入混融。雅颂百篇存古制，定将囊籥鼓淳风。

贮诗囊

吴奴背上日随行，小李当时早得名。桔梏寻常风月趣，包容今古咏歌情。珍珠粲粲光华满，文锦辉辉彩色明。累牍连篇藏已久，未逢删采向谁倾？

绝　句　(清)纪映钟

风雅松陵胜昔时，力裁伪体出偏师。徐郎本事从珍重，始信无情未是诗。

戏仿元遗山论诗绝句三十二首(录五首) (清)王士禛

草堂乐府擅惊奇,老杜哀时托兴微。元白张王皆古意,不曾辛苦学妃豨。顾嗣立《寒厅诗话》:"阮亭先生曰:余尝见一江南士人拟古乐府,有'妃来呼豨豨知之'之句。盖乐府'妃呼豨'皆声而无字,今误以'妃'为'女','呼'为'唤','豨'为'豕'。凑泊成句,是何文理?因于《论诗绝句》著其说也云云。先生此论,深中嘉、隆七子剿袭古乐府之病。"

三代而还尽好名,文人从古善相轻。君看少谷山人死,独有平生王子衡。王廷相子衡锐意诗文,见善如不及。少谷山人郑继之与王未谋面,乃有诗云:"海内谈诗王子衡,春风坐遍鲁诸生。"王见之有知己之感,于郑死后,数千里入闽经纪其丧。

溪水碧于前渡日,桃花红似去年时。江南肠断无人会,只有崔郎七字诗。"溪水"、"桃花"二句,系王士禛门人崔华之诗。崔太仓人,贫而工诗。

九岁诗名铜雀台,三年流滞楚江隈。不如解唱黄麞者,新自王戎墓下来。翁方纲云:"此诗注家所不能知。(王)既无自注,则不必曲为推寻也。"

一代高名孰主宾,中天坡谷两嶙峋。瓣香只下涪翁拜,宗派江西第几人。江西派共二十五人,首推山谷(涪翁)。

杜家笺传太纷挐,虞赵诸贤尽守株。若为南华求向郭,前惟山谷后钱卢。钱牧斋有《读杜小笺》,卢世潅有《读杜微言》。

读列朝诗选二首　(清)唐孙华

一代词章缀辑全，鸟言鬼语入余编。独将死事刊除尽，千载人终笑褚渊。

高下从心任品裁，东林意气未全灰。看渠笔舌风霜在，犹是当年旧党魁。

和纪映钟绝句　(清)徐　釚

人物南朝赌酒时，过江仆射是吾师。犹余戆叟风流在，怅绝青溪数首诗。

论　诗　(清)查慎行

细比老蚕初引绪，健如强弩突回潮。闲来谨候炉中火，众里心防水面瓢。

仿元遗山论诗三十八首(录十二首)　(清)袁　枚

白门从古诗人少，近剩南园与古渔。更喜闭门工觅句，无人解扣子云居。歙县方正澍字子云，著有伴香阁诗。南园为江都何士容，古渔为上元陈毅。陈诗矫健，何诗清婉。

不相菲薄不相师，公道持论我最知。一代正宗才力薄，望溪文集阮亭诗。王渔洋。

清才未合长依傍，雅调如何可诋娸。我奉渔洋如貌执，不相菲薄不相师。论王渔洋。

双佩斋诗孰品题，葑亭才调笏山齐。青鸾独立瑶池雪，不着人间半点泥。申笏山，王葑亭。

天涯有客号诊痴，误把抄书当作诗。抄到钟嵘《诗品》日，该他知道性灵时。翁方纲。

书巢健笔颇稜嶒，入蜀诗名近少陵。挥尽俸金留底物，白头一盏读书灯。胡德琳，字书巢。

吾乡近日数诗家，我爱山舟与屿沙。妙绝风人吴小谷，万行书对一瓶花。钱屿沙，梁同书号山舟，吴小谷。

云松自负第三人，除却随园服蒋君。绝似延平两龙剑，化为双管斗风云。蒋苕生，赵云松。

束发愔愔便苦吟，白头才许入词林。平生绝学都探遍，第一诗功海样深。程鱼门。

栢坡古体衡帆律，介祉清华东井奇。更有陆生风调好，天能亡汝不亡诗。万栢坡、程衡帆、王介祉、高东井、陆湄君皆早死。

常州星象聚文昌，洪顾孙杨各擅场。中有黄滔今李白，看潮七日冠钱塘。稚存、浦如、蓉裳、立方、仲则。

皖江才调孰清新，今有星村归啸村。更喜新安楚南子，遗编堪与古人论。李啸村、鲁星村、陈楚南。

论诗杂咏　（清）蒋士铨

谭龙语诚妙，气象当过之。鼷鼠入牛角，边幅窘可嗤。推崇冯定远，故多阿好词。《谭龙录》系赵秋谷所著。

论诗绝句四首　（清）赵　翼

满眼生机转化钧，天工人巧日争新。预支五百年新意，到了千年又觉陈。

李杜诗篇万口传，至今已觉不新鲜。江山代有才人出，各领风骚数百年。

只眼须凭自主张，纷纷艺苑漫雌黄。矮人看戏何曾见，都是随人说短长。

诗解穷人我未空，想因诗尚不曾工。熊鱼自笑贪心甚，既要工诗又怕穷。

论诗二首　(清)赵　翼

少时学语苦难圆，只道工夫半未全；到老始知非力取，三分人事七分天。

莫道工师善聚材，也须结构费心裁。如何绝艳芙蓉粉，乱抹无盐脸上来。

论诗绝句　(清)洪亮吉

药亭独漉许相参，吟苦时同佛一龛。尚得昔贤雄直气，岭南犹似胜江南。

论诗绝句二首　(清)叶绍本

何李诗篇哂未休，纷纷撼树总蚍蜉。蓬头挛耳登徒妇，翻妒东家眉黛修。

白雪楼高气自清，弇州健笔亦纵横。凭君莫信虞山语，浪子前朝本窃名。

偶念吴天章、傅青主遗事感作 (清)谢章铤

诗髓谁探第一筹,崔祁相遇亦低头。崔华号崔黄叶,祁文友号祁鱼虾。桃花依旧河鱼上,目断昆仑九派流。王渔洋尝谓,吾门人极多,然得髓者天章也。天章诗有"门前九曲昆仑水,万点桃花尺半鱼"。渔洋极欣赏。

卖药温书自往还,忽逢顾怪归奇顾怪谓归庄与顾亭林。一开颜。汀茫未起先生倦,门外何人有傅山。顾尝寓傅青主卫生堂药室中,一日晚起,傅叩门曰:"汀茫已久,先生尚未起耶?"亭林不解,青主笑曰:"先生读古音,不知天音汀,明音茫耶?"

湘绮楼论诗绝句(录三首) (清)王闿运

江谢遗音久未闻,王何二李枉纷纷。船山一卷存高韵,长伴沅湘兰芷芬。王夫之。

爱博休夸秀水朱,秀水朱,朱竹垞也。虞山绝句胜施吴。试将诗综衡诗选,始识词家大小巫。

酬应诗中别一家,元明唐宋路全差。无人肯咏干蝴蝶,犹胜方家冻豆花。赵翼。

酬曾重伯编修并示兰史 （清）黄遵宪

废君一目官书力，读我连篇新派诗。风雅不亡由善作，光丰之后益矜奇。文章巨蟹横行日，世变群龙见首时。手撷芙蓉策虬驷，出门惘惘更寻谁。

论艺绝句六篇 （清）谭嗣同

万古人文会盛时，纷纷门户竟何为？祥鸾威凤兼鸡鹜，一遇承平尽羽仪。

千年暗室任喧豗，汪容甫。魏魏源。龚自珍。王闿运。始是才。万物昭苏天地曙，要凭南岳一声雷。

姜斋微意瓣姜欧阳师。探，王任秋。邓弥之。翩翩靳共骖。更有长沙病齐己，诗僧寄禅。一时诗思落湖南。

意思幽深节奏谐，朱弦寥落久成灰。灞桥两岸萧萧柳，曾听贞元乐府来。

渊源太傅溯中郎，河北江南各擅场。两派江河终到海，怀宁邓与武昌张。邓石如、张裕剑。

旧曲新翻太古弦，雪门高唱蔚庐同县刘师。传。若无小阮精论乐，布鼓终喧大雅前。

2. 题　卷

编集拙诗，成一十五卷，因题卷末，戏赠元九、李二十　(唐)白居易

一篇长恨有风情，十首秦吟近正声。每被老元偷格律，自注：元九向江陵日，尝以拙诗一轴赠行，自后格变。苦教短李伏歌行。李二十常自负歌行，近见予乐府五十首，默然心优。世间富贵应无分，身后文章合有名。莫怪气粗言语大，新排十五卷诗成。

题后集　(唐)薛　能

诗源何代失澄清，处处狂波污后生。常感道孤吟有泪，却缘风坏语无情。难甘恶少欺韩信，枉被诸侯杀祢衡。纵到缑山也无益，四方联络尽蛙声。

卷末偶题三首(录二首)　(唐)郑　谷

一卷疏芜一百篇，名成未敢暂忘筌。何如海日生

残夜，一句能令万古传。

一第由来是出身，垂名俱为国风陈。此生若不知骚雅，孤宦如何作近臣。孤宦，外出为官而无党援也。

读前集二首 （唐）郑 谷

殷璠裁鉴英灵集，殷璠，盛唐选家，曾纂《河岳英灵集》。颇觉同才得旨深。何事后来高仲武，高仲武系中唐选家。选有《中兴间气集》。品题闲气《春秋演孔图》："正气为帝，闲气为臣。"未公心。

风骚如线不胜悲，国步多艰即此时。爱日《左传·文公七年》：赵衰，冬日之日也，赵盾，夏日之日也。杜预注："冬日可爱。"后遂称冬日为爱日。满阶看古集，只应陶集是吾师。

读公济章安集 （北宋）欧阳修

苏梅久作黄泉客，我亦今为白发翁。卧读杨蟠即公济。一千首，乞渠秋月与春风。

题韩驹秀才诗卷 （北宋）苏 辙

唐朝文士例能诗，李杜高深到者稀。我读君诗笑无语，恍然重见储光义。

题冯通直明月湖诗后　（北宋）苏轼

老衍指冯衍。清篇墨未枯，小冯新作语尤姝。呼儿净洗涵星砚，为子赓歌堕月湖。闻道牂江空抱珥，自注：南诏有西珥河，即古牂牁江也，河形如月抱珥，故名西珥。年来合浦自还珠。请君多酿莲花酒，准拟王乔下履凫。

跋子瞻和陶诗　（北宋）黄庭坚

子瞻谪岭南，时宰欲杀之。时宰，章惇也。饱吃惠州饭，细和渊明诗。彭泽千载人，东坡百世士。出处虽不同，风味乃相似。

自题中州集后五首　（金）元好问

邺下曹刘气尽豪，江东诸谢韵尤高。若从华实评诗品，未便吴侬得锦袍。

陶谢风流到百家，半山老眼净无花。北人不拾江西唾，未要曾郎借齿牙。

万古骚人呕肺肝，乾坤清气得来难。诗家亦有长沙帖，莫作宣和阁本看。

文章得失寸心知，千古朱弦属子期。爱杀溪南辛老子，相从何止十年迟。

平世何曾有稗官，乱来史笔亦烧残。百年遗稿天留在，抱向空山掩泪看。

检《寒支集》 （清）李世熊

洒酒烹蔬自祭诗，骚宗雅系嗣无儿。新编突兀如天问，六代三唐彼一时。此自言其所作奇崛如《天问》，六代三唐，另是一时体格，皆所不屑为也。

重阅梅绾存草 （清）董 说

可怜清啸靠湖斋，屋任溪樵斫作柴。杜甫乱来吟咏苦，谢翱老后姓名埋。难忘淡墨传吟贴，忍忆围灯斗画牌。十五国风曾踏遍，平生几两破芒鞋。

书李舒章诗后 （清）吴 骐

胡笳曲就声多怨，破镜诗成意自惭。庾信文章真健笔，可怜江北望江南。按：李舒章、陈子龙、周立勋、徐孚远、彭宾、夏彝仲等六人，当时被称为云间六子。

解佩令·自题词集指《江湖载酒集》。 (清)朱彝尊

十年磨剑，贾岛《剑客》："十年磨一剑，霜刃未曾试。"五陵结客。把平生、涕泪都飘尽。老去填词，一半是、空中传恨。几曾围、燕钗蝉鬓？此代指歌伎舞女。　不师秦七，秦观排行第七。不师黄九，黄庭坚排行第九。倚新声、玉田南宋张炎号玉田。差近。落托江湖，且分付歌筵红粉。料封侯、白头无分。

题张光启诗集后 (清)王士禛

君家郎中泊，何似郎官湖？云气流银浦，人家在玉壶。林园交水石，烟火出菰芦。他日遗民录，千秋道不孤。按：张光启居白云湖上，辟圃题曰"省园"。莳花树，足不履城市，年至八十余。"郎中泊"，湖之别名也。

题海日堂集后 (清)王士禛

一哭幽宫二十年，昔游如梦转茫然。珊瑚洲上吟魂在，岁岁松风响杜鹃。

戏书蒲生《聊斋志异》卷后 (清)王士禛

姑妄言之妄听之，豆棚瓜架雨如丝。料应厌作人

间语，爱听秋坟鬼唱时。

读梅村先生《鹿樵纪闻》有感六首 （清）唐孙华

蕉园遗稿久沉沦，野史丛残纪甲申。曹社谋成真有鬼，秦庭哭后更无人。铜驼堙没宫门草，金狄摩挲海上尘。遗老白头还载笔，百年余恨说黄巾。

大厦难将蒿柱支，问谁黄发寄安危。相麻数比更番卒，庙算频翻不定棋。阃外逍遥多老将，家居撞坏总纤儿。金瓯社稷非容易，一夕秋风变黍离。

宫闱水火日侵寻，谁道神州便陆沉。地下忠魂怜北寺，穴中苦斗为东林。六州铸错空销铁，九品论材只采金。头上进贤成底用，褚公齿冷笑如今。

一旅谁知扼紫荆，蜩螗聒耳正纷争。腹书竞伏狐鸣火，手蔗频惊鹤唳兵。直待临危思翦牧，何缘先事戮韩彭。石头袁粲真堪惜，自坏边关万里城。指东莞督师袁公崇焕。

运终三百合褰裳，谁谓忧勤致覆亡。倚瑟歌残声惨戚，投签烽聚夜彷徨。鼎湖浩气归天地，椒寝贞风迈汉唐。英魄若还逢宋帝，也应流汗愧牵羊。

非无正气立乾坤，义感忠驱砥柱存。东市朱衣多裹血，西台红泪与招魂。疾风板荡孤臣节，壁水桥门养士恩。却讶翻城多厚禄，纷纷玉马竞先奔。林昌彝《海天琴思录》:“吴梅村《鹿樵纪闻》多记胜朝亡国佚事，乾坤板荡，神州陆沉，忠荩云亡，庸臣误国，读者为之鼻酸。太仓唐实君先生孙华《读梅村先生鹿樵纪闻有感》云云。”

题桃花扇传奇六首(录其一)　(清)田　雯

一例降旗出石头，乌啼枫落秣陵秋。南朝剩有伤心泪，更向胭脂井畔流。

次韵答王司寇阮亭先生见赠　(清)蒲松龄

志异书成共笑之，布袍萧索鬓如丝。十年颇得黄州意，据《避暑录话》记载:“子瞻在黄州及岭表，每旦起，不招客相与语，则必出而访客;所与游者，亦不尽择，各随人高下，诙谐放荡，不复为畛畦。有不能谈者，则强之说鬼。或辞无有，则曰姑妄言之。于是闻者无不绝倒，皆尽欢而后去。”冷雨寒灯夜话时。

自题疏园集　(清)邵　陵

安用雕锼镂肺肠，辞能达意即文章。性情原自无今古，格调何须辩汉唐。人道凤箫诸律吕，谁知牛铎有宫商。少陵甘作村夫子，不害光芒万丈长。

题杜集　（清）查慎行

漂泊西南且未还，几曾蒿目委时艰。三重茅底床床漏，突兀胸中屋万间。

题竹炉新咏卷　（清）纳兰性德

炉成卷得事天然，乞与幽居置坐边。恰映芙蓉亭下月，重披斑竹岭头烟。画如董巨真高士，诗在成弘极盛年。相约过君同展看，谈交终始似山泉。自序云：惠山听松庵竹茶炉，岁久损坏，甲子秋，梁汾仿旧制复为之，置积书岩中，诸名士作诗以纪其事。是冬，余适得一卷，题曰"竹炉新咏"，则明时王舍人孟端、李相国西涯诗画并在，实听松故物也，喜以归梁汾，即名其岩居曰新咏堂，因次原韵。

寄洪昉思《长生殿》作者洪昇字昉思。　（清）赵执信

垂堂高坐本难安，身外鸿毛掷一官。独抱焦桐俯流水，哀音还为董庭兰。董庭兰为唐代琴师，出入宰相房琯门下。后被治罪。〇康熙二十八年(1866)，洪昇招伶人于宅中演出所作剧本《长生殿》，时值佟皇后丧服，给事中黄仪劾洪昇等人于"国恤"期间观剧为"大不敬"，洪昇被革除太学生资格。赵执信也因参预其事而被革职。时人为之作诗曰："秋谷才华迥绝俦，少年科弟尽风流。可怜一曲《长生殿》，断送功名到白头。"秋谷，赵执信之号也。

题敦诚琵琶行传奇　（清）曹雪芹

唾壶崩剥慨当慷，月荻江枫满画堂。红粉真堪传栩栩，渌樽那靳感茫茫。西轩歌板心犹壮，北浦琵琶韵未荒。白傅诗灵应喜甚，定教蛮素鬼排场。

题陈古渔诗卷陈毅，字直方，号古渔。　（清）袁枚

新诗一卷胜方干，当作楞伽静夜看。孔雀屏开花烂漫，清商琴老调高寒。地当六代悲歌易，胸有千秋下笔难。我学王戎留赠语，森森更愿束长竿。

题元遗山集　（清）朱休度

中原豺虎忽纵横，乱世难居却是名。北学挺生刘越石，南冠愁杀庾兰成。亭编野史青灯泪，舟系家山白首情。万古诗坛专一代，墓门七字慰平生。元之墓门树三尺石，书曰："诗人元遗山之墓。"

题西斋诗辑遗二首　（清）翁方纲

艺苑蜚声四十年，凄凉剩草拾南天。玉河桥水柯亭绿，多少琼瑶未得传。

香浓雪冱怆人琴，给事频年感旧心。留得梅庵原注：冶亭近号梅庵。诗话在，淮南烟月汛知音。《西斋诗辑遗》作者傅明，满族，号晰斋。

题李松潭农部观姬人绣诗图　(清)归懋仪(女)

青莲词采五云蒸，洛下徒夸纸价增。昨夜新诗初脱稿，看人早绣上吴绫。又有句云："绣到锦囊得意句，停针低诵两三声。""从此香闺忙不了，题诗还赠绣诗人。"

自题近稿　(清)阮　元

万柳故依依，江湖草舍低。四桥烟雨里，双桨夕阳西。山水真长在，彭殇自不齐。随时爱光景，几处可留题。

读桃花扇传奇，偶题八绝句(录二首)　(清)张问陶

竟指秦淮作战场，美人扇上写兴亡。两朝应举侯公子，忍对桃花说李香。

一声檀板当悲歌，笔墨工于阅历多。几点桃花儿女泪，洒来红遍旧山河。

郭频伽题写韵楼诗稿，次韵奉酬　（清）吴琼仙（女）

百炼钢成绕指柔，清才应是几生修。千秋有笔开生面，四海何人出一头。不碍疏狂能入世，每因牢落欲悲秋。棱棱骨相梅同瘦，消得天涯尔许愁。

杂题国朝诸名家诗集后（录二十七首）　（清）郭曾炘

字字流从肺腑真，乾坤清气几遗民。更生别具千秋眼，前数宁人后野人。更生斋论诗绝句首标顾、吴，自是具眼。

哦松古寺怀天玉，洗露离筵和固斋。七子并时峙坛坫，即庵奇气更无侪。固斋名高兆，即庵名曾灿垣，与天玉并称七子。

私拟新安后一人，榕村门下孰传薪？洞游偶和芦峰韵，晋帖唐临亦逼真。《榕村语录》有论诗数则，甚精。李光地号榕村。

藏簿官庖漫笑讪，石庄能起竟陵孱。楚人门巷潇湘色，断句流传仅一斑。胡石庄字君信承诺，著有《绎志》，方植之目为“库藏薄”、“大官庖”。

山史天生共唱酬，亭林垂老爱西游。打船风恶秦人怯，何不归眠太华头。亭林久客关中，晚岁卜居华阴，盛夸其绾毂山河之胜。孙豹人在邗上，亦尝服贾，三致千金，随手散尽，溉鬻西归，终成虚愿。志士穷途，郁郁无所试，《远游·怀沙》，皆以寓其牢愁，非必彼善于此也。

百苦吟余炭墨痕，留山忍泪别家园。武曾虎口犹天幸，一曲鹧鸪总断魂。李良年尝从曹澹余于贵阳，其《鹧鸪怨》诗为吊澹余作。澹余死难，官书与私家记载互歧，国史终入逆臣传，恐犹是传疑之笔。

蘋州新曲写吴绫，束笔三朝忍未能。谁道彭城竟伧父，疏狂容得鲍长兴。鲍辛浦宦浙最久，三任长兴令，尝与樊榭同赋《白蘋洲》曲，大宗、襄七、寿门皆常唱和，谢山为作墓志，倾倒甚至。

皓首穷经尚下帷，偶然理趣溢为诗。亦韩自有千秋在，岂许南沙乡曲私。陈亦韩捷南宫，同邑蒋廷锡方为大学士，语之曰："子有盛名，某又在朝，金岁大魁，非子而谁。"亦韩默然出，即办装南下，自是不复出。

廿载畿疆老建牙，燕香一集晚传家。团焦风雪微时事，尚有残僧护壁纱。方欢承著有《燕香》、《薇香》集。

表章忠义前朝事，鼓吹休明圣德诗。麦饭葱汤真味在，谢山出处世安知。全谢山。

岱岳刊诗绝顶摩，南金东箭尽收罗。午塘短折同容若，赢得孤寒涕泪多。梦麟号午塘，蒙古人。

盘空硬语出涪皤，奏御能谐喜起歌。犹有劂工识心苦，兰泉萚石本殊科。钱载著《萚石斋诗集》。

鸳鸯煞费度人针，毕竟覃溪汲古深。删却评碑题画作，披沙往往得精金。翁方纲号覃溪。

简斋孟浪笑诗符，越缦雌黄亦举隅。此事宁须枵腹辩，竹汀西沚尽经儒。王鸣盛晚号西沚，钱大昕号竹汀。

四库胸罗过五车，河间博涉耻名家。镜烟十种多刊正，不独评苏舌粲花。纪昀。

注史金门待补完，思余经进稿分刊。灯联俪语人传诵，獭祭鲸呿较孰难？彭元瑞注五代史，有"方知史事鲸呿度，不似诗家獭祭寻"之句。

姬传文得震川醇，偶为荷塘微旨伸。市井哓哓儿女媚，不知指目属何人。姚鼐。

二应曾夸供奉才，老翁七十岂童骇。解嘲自比鄱阳谑，失足回头亦可哀。吴省钦序其弟《泉之集》，谓唐人有二应体，应试应制也。省钦归田诗有"鄱阳暴谑坐失官"之句，即指其荐王昙事。

噉名岂愿攀东涧，好客犹传似笥河。西笑载书终不返，蕺园志事竟蹉跎。程鱼门。

学古谁能风教持，清谈极欲痛陈隋。瑟人彦辅如冰炭，敛手都推宋左彝。宋茗香诗论力持风化之说。龚定庵题《学古集》云："杭州几席乡前辈，灵鬼灵山独此声。"潘四农论诗："如何六十年来客，独数

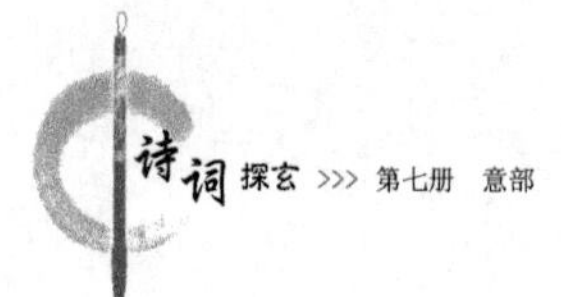

卑官宋左彝。”四农于茗香推服无间，与定庵不相入。

华林先见思东武，秋柳吹毛到阮翁。中叶渐疏文字禁，黄金合铸韫山功。管世铭号韫山。

探源五柳辟淫哇，插架犹赢七百家。清秘槐厅多故事，一龛自老小西涯。法式善。

典册高文似马卿，儒官分不入承明。一轩写韵人如玉，自谱西陬牧唱声。王芑孙。

造句争如造意艰，粤风谁许二樵班。药房早退鱼山逝，绝迹飞行让芷湾。黎简、宋湘。

毒草西来杼柚空，鸿胪一疏动宸聪。骚坛晚岁推牛耳，输与谈文柏岘翁。黄爵滋字树斋。

李杜本经诗比兴，寻常谈艺等醯鸡。玉楼早召公车困，蕲水山阳命不齐。潘德舆。德舆欲辑李杜诗为《诗本经》未就。太白之从永王与嗣宗，子昂之于典午、武氏，皆不免失身之悔，前乎此者有子云，后乎此者有遗山、京叔，文人不幸，后之人哀其遇可已。

黑头宦海早抽帆，句律临川独谨严。幕客休将官样诮，儒林一传未容芟。李联琇，字小湖。

二、书　法

读峄山碑　　(唐)张　继

六国平来四海家，相君当代擅才华。谁知颂德山头石，却与他人戒后车。

送草书献上人归庐山　　(唐)孟　郊

狂僧不为酒，狂笔自通天。将书云霞片，直至清明巅。手中飞黑电，象外泻玄泉。万物随指顾，三光为回旋。聚书云霮䨴，洗砚山晴鲜。忽怒画蛇虺，喷然生风烟。江人愿停笔，惊浪恐倾船。

洛中寺北楼见贺监草书题诗　　(唐)刘禹锡

高楼贺监昔曾登，壁上笔踪龙虎腾。中国书流让皇象，北朝文士重徐陵。偶因独见空惊目，恨不同时便伏膺。惟恐尘埃转磨灭，再三珍重嘱山僧。

酬柳柳州家鸡之赠此梦得酬柳宗元《寄刘连州并示孟仑二童》诗也。

(唐)刘禹锡

日日临池弄小雏，小雏谓孟仑二童。还思写论付官奴。官奴，王羲之之女。褚遂良右军书目有书赐官奴行书五十八卷，及与官奴小女书等。柳家新样元和脚，柳公权元和间有书名。元和脚者，柳公权也。○《夏斋漫录》云："梦得此句，人皆不晓。高子勉举以问山谷，山谷曰：'取其字制之新，昔元丰中，晁无咎诗文极有声。'陈无己戏之曰：'闻道新词能入样，相州红缬鄂州花。'盖相州缬，鄂州花也，则柳家新样，元和脚者，其亦类此。"且尽姜芽敛手徒。

答前篇 (唐)刘禹锡

小儿弄笔不能嗔，涴壁书窗且赏勤。闻彼梦熊犹未兆，女中谁是卫夫人。按：《柳宗元墓志》云："子男二人，长曰周六，始四岁。"盖生于元和十一年。此诗作于周六未生时，故梦得又戏之以卫夫人也(前诗戏以官奴)。

答后篇 (唐)刘禹锡

昔日慵工记姓名，用项羽事，见《史记》。远劳辛苦写西京。班固作《西京赋》。近来渐有临池兴，为报元常欲抗行。右军曰："吾书比之钟繇当抗行，比之张芝犹雁行也。"繇字元常。

殷实戏批书后，寄刘连州并示孟仑二童　(唐)柳宗元

书成欲寄庾安西，纸背应劳手自题。自注云："家有右军书，纸背庾翼题之云：'王会稽六纸，二月三十日。'"按《晋书》：王羲之字逸少，咸康中为右军将军会稽内史，庾翼为安西将军。闻道近来诸子弟，临池寻已厌家鸡。《因话录》云："柳柳州书，后生多师效。就中尤长于章草，为时所宝，湖湘以南童稚悉学其书，颇有能者。"以此观之，盖有之矣。公与梦得闻问最数，殷实戏题其书后，故举庾翼事为寄，盖刘家子弟当有学其书者。孟崙二童必梦得之子。殷实虽不能详，亦必梦得家子弟也。〇王羲之曾与人书云：张芝临池书，池水尽黑。使人耽之若是，未必后之也。王僧虔论书云：庾安西翼书，少时与右军齐名，右军后进，庾犹不分，在荆州，与都下人书曰："小儿辈贱家鸡，皆学逸少书，须吾还叱之。"后山亦尝用此事作诗云："不解安西诸子弟，却怜野鹜厌家鸡。"

重赠二首此篇答禹锡前所酬诗也。　(唐)柳宗元

闻道将雏向墨池，刘家还有异同词。如今试遣隈墙问，已道世人那得知。《汉书》：刘向父子俱好古博见，强记过绝于人。歆以为左丘明亲见夫子，而公羊、穀梁在七十子后，传闻之与亲见，详略不同。歆数以难向，向不能非问也。

世上悠悠不识真，姜芽尽是捧心人。若道柳家无子弟，往年何事乞西宾。班固《西都赋》有西都宾问于东都主人。

叠前　(唐)柳宗元

小学新翻墨沼波，羡君琼树散枝柯。琼树枝柯，喻梦得子弟也。左家弄玉惟娇女，左思《娇女诗》："吾家有娇女，皎皎颇白皙，握笔刊彤管，篆刻未期益。执书爱绨素，诵习矜所获。"空觉庭前鸟迹多。

叠后　(唐)柳宗元

事业无成耻艺成，《礼记》："德成而上，艺成而下。"南宫起草旧连名，柳与刘同为礼部员外郎，故云。劝君火急添功用，趁取当时二妙声。《晋书》："卫瓘为尚书令，与尚书郎索靖俱善草书，时人号为一台二妙。"

草书屏风　(唐)韩偓

何处一屏风，分明怀素踪。虽多尘色染，犹见墨痕浓。怪石奔秋涧，寒藤挂古松。若教临水畔，字字恐成龙。《宣和书谱》："偓自号玉樵山人，所著诗歌颇多，其词绮丽得意者数百篇，脍炙人口。或乐工配入声律，粉墙椒壁，窃咏者不可胜计。行书亦可喜。"《题怀素草书》诗云"怪石奔秋涧"非潜心字学，作语不能逮此。

凤衔杯 (北宋)柳 永

有美瑶卿能染翰。千里寄、小诗长简。想初襞苔笺，旋挥翠管红窗畔。渐玉箸、银钩满。 锦囊收，犀轴卷。常珍重、小斋吟玩。更宝若珠玑，置之怀袖时时看。似频见、千娇面。

答王定民 (北宋)苏 轼

开缄奕奕满银钩，书尾题诗字更遒。八法旧闻宗长史，五言今复拟苏州。笔踪好在留台守，旗队遥知到石沟。欲寄鼠须并茧纸，请君章草赋黄楼。

柳氏二外甥求笔迹二首 (北宋)苏 轼

退笔如山未足珍，用智永退笔冢事。见《太平广记》。读书万卷始通神。君家自有元和脚，元和脚指柳公权。刘禹锡诗："柳家新样元和脚。"莫厌家鸡更问人。用东晋庾翼事，翼在荆州与都下人书云："小儿辈厌家鸡，皆学逸少书。"见《南史·王僧虔传》。

一纸行书两绝诗，遂良须鬓已如丝。褚遂良有一帖云："即日，遂良须发尽白。"何当火急传家法，欲见诚悬笔谏时。柳公权字诚悬。唐穆宗问公权笔法，对曰："心正则笔正。"时帝荒纵故及之。见《唐书》。

题怀素草帖　　(北宋)苏 轼

人人送酒不曾沽,终日松间挂一壶。草圣欲成狂便发,真堪画作醉僧图。

跋杨凝式帖后　　(北宋)黄庭坚

世人但学兰亭面,欲换凡骨无金丹。谁知洛阳杨风子,下笔便到乌丝栏。

论 书　　(元)赵孟頫

右军潇洒更清真,落笔奔腾思入神。裹鲊若能长住世,子鸾未必可惊人。苍藤古木千年意,野草闲花几日春。书法不传今已久,楮君毛颖向谁陈。

贺新郎·徐青藤草书　　(清)郑 燮

墨瀋余香剩。扫长笺、狂花扑水,破云堆岭。云尽花空无一物,荡荡银河泻影。又略点、箕张鬼井。未敢披图容易玩,拨烟霞、直上嵩华顶。与帝座,呼相近。　　半生未挂朝衫领。狠秋风、青衿剥去,秃头光颈。只有文章书画笔,无古无今独逞。并无复、自家门径。拔取金刀看目割,破头颅、血迸苔花冷。亦不是、人间病。

题沈凡民兰亭卷子二首　(清)袁 枚

先生垂老泪星星,行箧常携感旧铭。一代交情存笔墨,三人颜色付丹青。酒杯白社秋来忆,玉笛山阳雨后听。五十二年鸿爪在,昭陵风雪满兰亭。

浮生难挹鲁灵光,风义羊求事渺茫。两晋书亡王内史,六朝人剩沈东阳。金仙次第辞西汉,宫女凭谁说上皇。惆怅钟期来海畔,断琴弹落一天霜。自序云:凡民与王虚舟、裘鲁清交最狎。沈、王故工楷法,五十二岁时,各临兰亭一本,互角精能,画者作流觞曲水,貌三人于其中。亡何鲁清死,又数年虚舟死,凡民每哭一人,则跋数语于卷尾。乾隆十六年十一月,凡民来白下,出图命题。余生晚,不获见裘、王两先生。而其时凡民之官建德,余又将赴长安,感三友之多情,逢两人之将别,磨墨怆然,不能自已。

卢抱经学士焚张迁碑于秦涧泉墓前感作　(清)袁 枚

一纸碑文赠故交,胜他十万纸钱烧。延陵挂剑徐君墓,似此高风久寂寥。《随园诗话》:"卢抱经学士有张迁碑,搨手甚工。其同年秦涧泉爱而乞之。卢不与。一日,乘卢外出,入其书舍,攫至袖中。卢知之,追至半途,仍篡取还。未半月,秦暴亡。卢往奠毕,忽袖中取出此碑,哭曰:早知君将永诀,我当时何苦如许吝耶?今耿耿于心,特来补过。取帖出,向灵前焚之。予感其风义，为作诗。”云云。

论书绝句　（清）王文治

墨池笔冢任纷纷，参透书禅未易论。细取孙公《书谱》读，方知渠是过来人。

题翁覃溪双钩文衡山分书二首　（清）桂馥

朱竹垞。陈元孝。傅青主。郑汝器。顾云美。张卯君。王觉斯。气势居然远擅场。若溯汉唐求隶古，蔡中郎后李三郎。

曹全新出派初分，姿媚宁惭向练裙。赖有衡方荡阴在，停云犹胜棘门军。

答人　（清）黄钺

浣壁书窗落笔粗，寒缣断楮恣鸦涂。湖田自昔无人买，村酒难求善贾沽。失笑分明作赝鼎，何时变化出恒厨。若教持较山阴扇，值得羲之半字无。

论书十二绝句(录四首)　(清)包世臣

从来大字苦拘挛，岱麓江崖岱麓指泰山经石峪《金刚经》，江崖指《瘗鹤铭》。若比肩。多谢云封经石峪，不教山谷尽书禅。

梁武《平书》致有神，一言常使见全身。云峰山下摩残碣，啸树低腰认未真。谓梁武帝萧衍《古今书人优劣评》，“平”与“评”通。“云峰山下”指《郑文公碑》，萧衍评为“舞女低腰，仙人啸树”。

中正冲和《龙藏寺》，擅场或出永禅师。山阴面目迷梨枣，谁见匡庐雾霁时。

《巨川官告》徐浩所书。是书雄，健举沉追势并工。悟入指尖有炉冶，转毫犹憾墨痕丰。

题张黑女志三首　(清)何绍基

灵岩山寺雨游曾，懒叩南宗大小乘。三十四年珍秘在，才从古墨识名僧。

谁解奚林文字禅，鲁珍题罢复云泉。空山佛屋谈碑处，方外风流二百年。

肆书搜尽北朝碑，楷法原从隶法遗。棐几名香供黑女，一生微尚几人知。自序云：自乙酉春得此帖于历下，今三十有四年，不知成樽为何人也。忽检得《山左诗钞方外卷》，有释成樽，字奚林，诸城人。诗有《卧象山分赋三绝句》，始知其为诗僧。而诗钞误"樽"为"樽"也。又前载成楚，字荆庵，新城人，止载其一诗，即《赠奚林大师》，云："派衍南宗第一枝，无言得髓是吾师。偶然竖佛天花落，绝胜秋寮宴坐时。"

论书绝句十五首(录三首)　　(清)康有为

隶楷谁能溯滥泉，勾容片石指《葛府君碑》。陆友仁《砚北杂志》：句容县西五里石门村者，有《吴故衡阳太守葛府君之碑》。独敻通"迥"，久远也。然。若从变处搜《灵庙》，即《中岳嵩高灵庙之碑》。应识昆仑在《震》《迁》。《震》即《杨震碑》。《迁》即《张迁碑》。

餐霞神采绝人烟，古今谁可称书仙？石门崖下摩遗碣，跨鹤骖鸾欲上天。

铦利森森耀戟铤，《始兴》即《始兴忠武王萧憺碑》。碑法变钟传。率更欧阳询字率更。后出书名擅，谁识先师贝义渊。《始兴碑》末署"吴兴贝义渊书"。欧阳询的书法是师贝义渊的。

上陈先生梅生索书室联　　(清)秋　瑾(女)

殷雷久耳右军名，问字无由到讲庭。愿乞一行辉素壁，闺中曾读换鹅经。

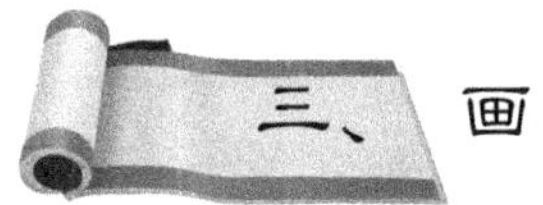

三、画

1. 题画　题扇

题竹扇赠别　(唐)皇甫冉

湘竹殊堪制，齐纨且未工。幸亲芳袖日，犹带旧林风。掩笑歌筵里，传书卧阁中。竟将为别赠，宁与合欢同。

长沙元门寺张璪员外壁画　(唐)李群玉

片石长松倚素楹，翛然云壑见高情。世人只爱凡花鸟，无处不知梁广名。

题画建溪图　(唐)方干

六幅轻绡画建溪，刺桐花下路高低。分明记得曾行处，只欠猿声与鸟啼。

(清)黄叔灿:"只欠猿声与鸟啼"点画欲活。少陵题画马等物,必以真者伴说;作者题此画,以"曾行"托出画意,又是一法。——《唐诗笺注》

画松 (唐)僧景云

画松一似真松树,且待寻思记得无?曾在天台山上见,石桥南畔第三株。

(明)陆时雍:末二语有野意,自是僧家语致。——《唐诗镜》

(明)周珽:口头浅语,便成天然奇句。——《唐诗选脉会通评林》

(清)施闰章:太白、龙标外,人各擅能。有一口直述,绝无含蓄转折,自沙入妙,如"画松一如真松树"此等着不得气力、学问,所谓诗家三味,直让唐贤独步。宋贤要入议论,着见解,力可拔山,去之弥远。——《蠖斋诗话》

(清)张谦宜:一气承接如画,不惟工于赞画,连追想神情,声口俱活,极明快,却有蕴藉风味。——《茧斋诗谈》

竹鹤 (北宋)苏轼

此君何处不相宜,况有能言老令威。谁识长身杜甫《薛少保画鹤》:"薛公十一鹤,皆写青田真。低昂各有意。磊落如长人。"古君子,犹将缁布缘深衣。《礼记·深衣》:"具父母、大父母,衣纯以缋,具父母,衣纯以青,如孤子,衣纯以素。"注:纯,缘之也。按:此句谓鹤身白而黑缘于外也。故曰深衣。

书李世南所画秋景二首　　(北宋)苏　轼

野水参差落涨痕，疏林欹倒出霜根。扁舟一棹归何处？家在江南黄叶村。

人间斤斧日创夷，谁见龙蛇百尺姿。不是溪山曾独往，何人解作挂猿枝。李白诗："山克摇积雪，猿影挂寒枝。"

观画雪雀有感寄惠州　　(北宋)郭祥正

平生才力信瑰奇，今在穷荒岂易归。正似雪林枝上雀，羽翰虽好不能飞。按：此诗寄惠州与苏轼也。

次韵和东坡竹鹤诗　　(北宋)李之仪

瘦玉萧疏触处宜，仙风一霎散霜威。未应舞罢排云去，更看丹砂理雪衣。

书　扇　　(北宋)李之仪

几年无事在江湖，醉倒黄公旧酒垆。觉后不知新月上，满身花影倩人扶。

题　画　　(北宋)李　唐

云里烟村雨里滩,看之容易作之难。早知不入时人眼,多买燕脂画牡丹。

题邢敦夫扇　　(北宋)秦　观

月团新碾瀹花瓷,饮罢呼儿课《楚辞》。风定水轩无落叶,青虫相对吐秋丝。

题董源夏山图　　(南宋)米友仁

崇山过新雨,苍翠浓欲滴。林深不通人,溪回有吟客。日落古道空,天青暮云碧。何处一声蝉,幽栖仍自得。

和张规臣水墨梅五绝(录一首)　　(南宋)陈与义

粲粲江南万玉妃,别来几度见春归。相逢京洛浑似旧,惟恨缁尘染素衣。

苍崖远渚图二首　（金）元好问

深谷高林自一天，红尘无路近风烟。两椽茅屋平生了，况是清溪有钓船。

竹帛功名一笔无，残年那复计荣枯。青山未得移家去，惆怅题诗是画图。

陈德元竹石二首（录一首）　（金）元好问

万石纲船出太湖，九州膏血一时枯。阿谁种下中原祸，犹自昂藏入画图！

题山亭会饮图　（金）元好问

曾将心事许烟霞，酒榼读克，入声。古人盛酒器具。书囊便是家。前日山亭亭上客，而今鞍马老风沙。

牧牛图　（金）田　锡

干戈扰扰遍中州，中州指古豫州，其地在九州中间，相当于今河南一带。挽粟车行似水流。车行指送军粮的牛车。何日承平如画里，短蓑长笛一川秋。

应教题梅当朱元璋攻下婺州(今金华),授王冕为谘议参军时作。其时朱自封为吴国公,故曰“应教”。 (元)王 冕

剌剌读腊,入声。剌剌,象声词。北风吹倒人,乾坤何处不沙尘。胡儿冻死长城下,谁信江南别有春。此作者晚年题画诗,打破一般起承转合格。第三句不转,而四句急转直下,并有政治含义。不久便离开人世。

题仕女惜花图 (元)钱惟善

庭院无人春已深,东风吹老惜花心。自知命薄难承宠,不费长门买赋金。

题 画 (元)倪 瓒

十月江南未陨霜,青枫欲赤碧梧黄。停桡坐对西山晚,新雁题诗小着行。

如梦令·题画 (明)刘 基

草际斜阳红委,委,落下也。林表晴岚绿靡。靡,蔓延也。何许一渔舟?摇动半江秋水。风起。风起。棹入白蘋花里。

题姚少师画竹

姚广孝(1335—1418年),长洲(今苏州)人。年十四为僧,法名道衍,工诗善画,尤精墨竹。明洪武中助燕王朱棣起兵,是朱棣称帝的主谋之一。功成后封太子少师。 (明)戴 冠

北地风高卷塞云,惊沙吹起雁成群。客边偶写龙孙龙孙:竹名,生山谷间,高不盈尺,叶细如针。谱,忘却江南有此君。"不可一日无此君",王徽之语。后"此君"即为竹的代称。本诗作者蔑视姚少师的人品,不配与江南的君子为伍。据《明史》记载,姚广孝功成名就后,还乡省亲,其姐不予接纳,甚至直言痛詈;拜谒旧友王宾,王宾不与他亲近,只遥遥相对曰:和尚误矣,和尚误矣!原来朱棣起兵,取代其侄子建文帝,并大肆杀戮以方孝孺为首的文臣,引起江南文士的普遍反感。因而时间过了一百多年的戴冠,仍然耻笑姚少师的气节。

卖 画 (明)唐 寅

不炼金丹不坐禅,不为商贾不耕田。兴来只画青山卖,不使人间造孽钱。

风雨浃旬,厨烟不继,涤砚吮笔,萧条若僧,因题绝句八首,寄奉孙思和(录一首) (明)唐 寅

领解皇都第一名,唐寅于1498年在南京乡试中解元。南京是六朝帝王之都,故称皇都。解元是举第一名。猖披归卧旧茅衡。立锥莫笑贫无地,立锥,插立锥尖,形容地方极小。语出《汉书》。万里江

山笔下生。"狷披"句才是画师的形象。《庄子·田子方》篇有一故事云:宋君要请人作画,臣下请了许多画师。这些画师来拜宋君,均匍匐阶下。独有一人昂首悠然而来,看此光景,掉头而去。宋君派人跟着此人,此人到家后索性脱去衣服,悠然高卧。宋君独取此人。云:此才是真正的画师。这说明,艺术创作不受一切限制,自由自在,翅膀才能展开。

吴趋秋水张子以湘兰旧扇倩河东君补画其背,书一绝以志 (清)钱谦益

幽草化烟香在扇,柔条垂绿系新丝。前生变相今生影,证与菩提喝棒时。

题百鸟朝凤图 (清)陆世仪

独向高冈择木栖,更无鹓鹭与相齐。一声叫彻虞廷日,四海鸱鸮不敢啼。

题画屏 (清)冯 班

时势梳妆色色新,吴娃偏自小腰身。修蛾云鬓能多少,枉向阳林曹植《洛神赋》:"容与乎阳林,流眄乎洛川。"李善注:"阳林,一作杨林,地名。多生杨。"赋洛神。

题画扇　　（清）陈　瑚

不问人间汉与秦，相逢终日话天真。若非莲社池头客，定是芝山岭下人。

题绛雪吴子画册　　（清）龚鼎孳

卖珠补屋意高闲，万叠烟霞拥玉颜。想像乱峰晴雪意，自临眉黛写青山。

咏画竹　　（清）赵进美

记得君山古庙前，沙鸥如雪水如天。数丛惟在苍崖下，风雨才晴便有烟。

题　画　　（清）赵进美

泛泛渔舟直到门，田田荷叶大于盆。若添茅屋依修竹，便是江南雨后村。

沁园春·题徐渭文徐元琜。《钟山梅花图》,同云臣、史惟圆。南耕、曹亮武。京少蒋景祁。赋 (清)陈维崧

十万琼枝,矫若银虬,翩如玉鲸。正困不胜烟,香浮南内;娇偏怯雨,影落西清。南内与西清泛指皇宫内部宫殿。夹岸楼台,接天歌板,十四楼明洪武年间官妓所住之所。中乐太平。谁争赏、有珠珰贵戚,玉佩公卿。 如今潮打空城。用刘禹锡《石头城》诗句:"山围故国周遭在,潮打空城寂寞回。"只商女船头月自明。化用杜牧《泊秦淮》诗意。叹一夜啼乌,落花有恨;五陵原指汉代五个皇帝的陵墓,此指明孝陵朱元璋墓。石马,流水无声。寻去疑无,看来是梦,一幅生绡泪写成。携此卷,伴水天闲话,江海余生。苏轼《临江仙·夜归临皋》:"小舟从此逝,江海寄余生。"

题马士英画 (清)黄虞稷

半闲堂上草离离,剩有遗踪寄墨池。犹胜当年林甫辈,弄麞贻笑误书时。计发鱼《计轩诗话》云:奸佞之臣亦自有才艺。马士英画学董北苑而能变以己意。黄俞邰题以绝句云云,调侃不少。尝考南都阮大铖以私怨欲尽杀东林复社诸人,士英不欲,赋诗云:"苏蕙才名千古绝,阳台歌舞世无多。若使当时不相妒,也应快煞窦连波。"事稍释。是士英不但能画,且能诗矣。

题拙修堂宴集图 (清)恽 格

花残江国滞征缨,绿蒲红潮柳岸平。芳草有心拙

夜雨,东风无力转春晴。艰难抱子还乡国,落托浮家仗友生。只为踌躇千里别,归期临发又重更。袁枚《随园诗话》云:"恽南田少时受知王太仓相国。有监司某延之作画,不即赴,乃迫致苏州,拘官厅所,明旦将辱之。南田以急足至娄水乞援。时已二更,相国急命呼舟。捋出,复击案曰:'马最速,舟不如。'遽跨马,命仆以竹竿挑灯缚背上,行几十里,抵郡城,尚未五鼓也。守门者知为相国,遽启门,直诣监司署,问南田所在,携之以归。监司随诣太仓谢过,乃释。南田画《拙修堂宴集图》,题云云。"

题云林秋山图为查德尹作　(清)吴　雯

经营惨淡意如何,渺渺秋山远远波。岂但秾华谢桃李,空林黄叶亦无多。

题画菊　(清)许廷鑅

芳菲过眼已成空,寂寞篱边见几丛。颜色只从霜后好,不知人世有春风。

题画二首　(清)华　岩

半壁斜窥石罅开,冷云流过树梢来。茅庵结在云深处,云里孤僧踏叶回。

一径修柯凝晚翠,数间老屋饱秋烟。篝灯细话当年事,冷雨潇潇人未眠。

题湘阴女郎画竹三首（录一首） （清）金 农

妆阁流风洗黛痕，管夫人法卷中存。管夫人为元代女画家，赵孟頫之妻，管道升。生来不画红花树，怕见倡桃笑倚门。

和学使者于殿元枉赠之作 （清）郑 燮

十载杨州作画师，长将赭墨代胭脂。写来竹柏无颜色，卖与东风不合时。

一剪梅·题兰竹石 （清）郑 燮

几枝修竹几枝兰，不畏春残，不怕秋寒。飘飘远在碧云端。云里湘山，梦里巫山。　　画工老兴未全删。笔也清闲，墨也斓斑。借君莫作画图看，文里机关，字里机关。

题画二首 （清）黄 慎

夜雨寒潮忆敝庐，人生只合老樵渔。五湖收拾看花眼，归去青山好著书。

来往空劳白下船，秦楼楚馆总堪怜。但余一卷新诗草，听雨江湖二十年。

醉钟馗图为曹慕堂同年题二首　(清)纪　昀

一梦荒唐事有无，吴生粉本几临摹。纷纷画手多新样，又道先生是酒徒。

午日家家蒲酒香，终南进士亦壶觞。太平时节无妖厉，任尔闲游到醉乡。

题山水花卉册之一　(清)罗　聘

竹里清风竹外尘，风吹不到少尘生。此间干净无多地，只许高僧领鹤行。

题　画　(清)蒋士铨

不写晴山写雨山，似呵明镜照烟鬟。人间万象模糊好，风马云车便往还。

题王石谷画玉簪　(清)蒋士铨

低丛大叶翠离离，白玉搔头放几枝。分付凉风勤约束，不宜开到十分时。玉簪，花名，又名搔头。王石谷是清初著名的山水画家王翚，字石谷，号耕烟散人。

团扇诗 （清）钱 泳

用舍行藏要及时，制成团扇寄相思。时来毕竟如公少，明月清风一手持。

画屏风 （清）杨 揆

六曲屏风蠹粉消，江南山色碧迢迢。庾郎词赋偏萧瑟，铜辇秋衾梦六朝。

题钟馗图 （清）尚 镕

英姿飒爽欲凌云，一剑防身扫万军。腹大潜吞新故鬼，眼高眇视古今文。生前姓字难登第，梦里心情尚恋君。不比终南夸捷径，名香千载绿袍熏。

书 扇 （清）陈 澧

短簿祠边放棹过，春江风暖四弦知。莫弹《暮雨潇潇曲》，正是灯红月白时。短簿祠在虎丘云岩寺，祀晋司徒王珣。

余每作一画，必草一绝句于其上。二年以来作画百余帧，而题句都不记省。强忆得三十首，拉杂录之(录二首)　(清)林　纾

蓦然失却碧芙蓉，云出山来白万重。不管人间方待雨，只从天半作奇峰。

回首琼河即琼水，闽江支流。五十秋，当年雏发尚盈头。柳花阵阵飘春水，逃学偷骑老牯牛。

子朋属题山水小幅二首　(清)郑孝胥

江东顾伍顾云字子朋，自号江东顾伍。善画能诗。倦游还，占取城西水一湾。卷卷清诗皆入画，底须俗笔污溪山。

二士风流比阮嵇，阮籍与嵇康。年来物役苦难齐。欲知白下闲踪迹，只向书堂觅旧题。自注云："子朋所居深柳读书堂中，余旧题诗最多。"黄国声云："二诗分写二人，属顾云者，优游山水，清福可羡；写自己者则拘于物役，无善可陈。两相对照，不言感慨而感慨自深。题画诗而用此写法，却又别开生面，令人耳目一新。"

2. 题写真 题照

写真寄夫　（唐）薛 媛（女）

欲下丹青笔，先拈宝镜寒。已经颜索寞，渐觉鬓凋残。泪眼描将易，愁肠写出难。恐君浑忘却，时展画图看。

赠写御真李长史　（唐）李 远

玉座尘销砚水清，龙髯不动彩毫轻。初分隆准山河秀，乍点重瞳日月明。宫女卷帘皆暗认，侍臣开殿尽遥惊。三朝供奉无人敌，始觉僧繇浪得名。《宣和画谱》："张僧繇吴人，以丹青驰誉于时，武帝以诸王居外，每想见其面目，必遣僧繇乘传写之以归，对之如见其人。"又，阎立本作醉道图，或以张僧繇醉僧图比。立本尝至荆州视僧繇画曰："定虚得名耳。"明日又往曰："犹是近代佳手。"明又往曰："名下定无虚士。"坐卧视之，留宿其下，十日不能去。

写　真　（唐）僧濬交

图形期自见，自见却伤神。已是梦中梦，更逢身外身。水花凝幻质，墨彩聚空尘。堪笑予兼尔，俱为未了人。

寄金陵传神者李士云　　(北宋)王安石

衰容一见便疑真，李子挥毫故有神。欲去钟山终不忍，谢渠分我死前身。

南乡子　　(北宋)秦　观

妙手写徽真。崔徽的画像。事见元稹《崔徽传》。水剪双眸点绛唇。疑是昔年窥宋玉，东邻。只露墙头一半身。

往事已酸辛。谁记当年翠黛颦。尽道有些堪恨处，无情。任是无情也动人。

赠传神水鉴　　(南宋)陆　游

写照今谁下笔亲，喜君分得卧云身。口中无齿难藏老，颊上加毛自有神。误遗汗青成国史，未妨着白号山人。他时更欲求奇迹，画我溪头把钓缗。

(元)方回：原注"水鉴写予真，作幅巾白道衣"。中四句皆佳，时在史局。——《瀛奎律髓汇评》

(清)查慎行：老杜"何年过虎头"一首，宜入此类。——同上

(清)纪昀：前半亦是习语。后半犹有作意，未至俗滥。——同上

(清)无名氏(甲)：青竹炙汗而书，乃不蠹，故云"汗青"。——同上

自题小像　　(清)方 文

山人一耒是明农,别号淮西又忍冬。年少才如不羁马,老来心似后凋松。藏身自合医兼卜,溷世谁知鱼与龙。课板药囊君莫笑,赋诗行酒尚从容。王士禛《渔洋诗话》:"方嵞山(文)桐城人,居金陵。少多才华,晚学白乐天,好作浅俚之语,为世口实。以己壬子生,命画师作《四壬子图》,中为陶渊明,次杜子美,次白乐天,皆高坐,而己伛偻于前,呈其诗卷。余为题罢,语座客曰:陶坦率,白令老妪可解,皆不足为虑。所虑者杜陵老子,文峻网密,恐嵞山不免吃藤条耳。一座绝倒。"

自题六十像　　(清)顾炎武

鹿鹿风尘数十年,芒鞋踏遍万山烟。漫期竹简藏三策,且弄梅花付七弦。碗茗清谈真供养,炉香静坐小游仙。指挥如意飞英落,阿堵传神亦宿缘。

题张力臣写真二首　　(清)徐乾学

五岳曾探岣嵝书,年来双鬓转萧疏。从谁辨得师春字,好为遗经正鲁鱼。

奇字杨云未渺茫,茂元家学在巾箱。对君转复思元叹,洒泪风前诵渭阳。阮葵生《茶余客话》:"力臣博学精诣,尝搴岘石幢,刻《昭陵石马图赞》,辨《瘗鹤铭》。晚年穷困流离,携子孙居京师。王渔洋题其小照云:'瘗鹤铭边携屐日,羊候祠下卸帆时。吴山楚山探奇遍,不觉秋霜点鬓丝。'‘金石遗文大放纷,摩挲手卷对炉熏。白头更访鸿都学,手拓陈仓石鼓文。'力臣与程工部正父交善。自京回南,过德水,偶诣正父,已病笃。力臣停舟旦夕视疾,经纪其丧。亭林哭正父诗云‘十载故人泉下别,交情多愧郅君章',指力臣也。"

题故给谏吴梅麓小照　(清)劳之辨

掖垣献纳并垂绅,星聚当年羡八闽。落落数公皆谢去,只留图画想斯人。

自题行脚图　(清)李　符

悟得前生也是禅,碧鸡隐者话因缘。草鞋只合寻庐岳,重问山头种菜田。沈涛《匏庐诗话》:"(李符字分虎)客闽中某官署,其夫人亦能诗,慕分虎才,因越礼。某官侦知之,召分虎与眷属共饮,酒半,舁一巨棺,强两人入之,遂葬后园。至今土人犹呼为鸳鸯冢。"

题姚后淘小像二首　(清)曹　寅

香海横流事特奇,磐陀安稳过须弥。猛风不动袈裟角,弹指阎浮小劫移。

麻麦闲情底用愁,现前衰瑞总风流。伽黎不挂原无相,却笑痴龙乞裹头。

登贯华阁观容若小像作　　(清)杜　诏

此照还同此阁存，几人能唱忆王孙。风流休数鸳鸯社，只是伤心皂荚屯。纳兰容若密室曰鸳鸯社，葬处曰皂荚屯。

题簪花图小照二首　　(清)沈德潜

曾遇当年冰雪姿，轻尘短梦恨何之。卷中此日重相见，犹认春风舞柘枝。

绣谷留春春可怜，倾城名士总寒烟。老夫莫怪襟怀恶，触拨闲情五十年。

题陈元孝遗像五首　　(清)杭世骏

南村晋处士，汐社宋遗民。湖海归来客，乾坤定后身。竹堂吟暮雨，山鬼哭萧晨。莫向厓门去，霜风正扑人。

秋井苔花渍，荒庐蜃气蒸。飞潜两难问，忧患况相仍。拄策非关老，裁衣只学僧。凄凉怀古意，岂是屈梁能。

巢覆仍完卵,皇天本至公。蓼莪篇久废,薇蕨采应空。劫已归龙汉,家犹祭鬼雄。等身遗著在,泉下告而翁。

岭海论风雅,平生一瓣香。晓音动岩壑,幽意到羲皇。掩卷惊波定,停杯落日黄。清高仰遗象,肃拜涕沾裳。

袁粲能无传,嵇康亦有儿。古人谁汝匹,信史岂吾欺?寂寞徒看画,苍凉只益诗。怀贤兼论世,凄绝卷还时。

题万九沙先生小像　(清)袁 枚

当年丹诏召耆英,骥尾龙头记得清。未共殿前挥彩笔,忽从画里见先生。春风有影须眉在,流水无声岁月更。幸喜小同才绝世,礼堂经学继康成。

题周编修东皋像　(清)韦谦恒

优昙一现便成空,瘦鹤分明到眼中。为问吟魂更何处,妙高台上月朦胧。李调元《雨村诗话》云:编修嘉善周东皋沣乞假南归,舟过金山,方共客饮,一笑而逝。或疑其前身为金山僧。韦药轩题其像,诗云云。

题侍姬沈氏遗照二首 （清）纪 昀

几分相似几分非，可是香魂月下归。春梦无痕时一瞥，最关情处在依稀。

到死春蚕尚有丝，离魂倩女不须疑。一声惊破梨花梦，却记铜瓶堕地时。纪昀《阅微草堂笔记》："侍姬沈氏，余字之曰明玕。其祖长洲人，流寓河间，其父因家焉。生二女，姬其次也。神思朗彻，殊不类小家女。常私语其姊曰：'我不能为田家妇，高门华族，亦必不以我为妇。庶几其贵家媵乎？'其母微闻之，竟如其志。性慧黠，平生未尝忤一人。初归余时，拜见马夫人，马夫人曰：'闻汝自愿为媵，媵亦殊不易为。'敛衽对曰：'惟不愿为媵，故媵难为耳，既愿为媵，媵亦何难？'故马夫人始终爱之如娇女。尝语余曰：'女子当以四十以前死，人犹悼惜。'青裙白发作孤雏腐鼠，吾不愿也。亦竟如其志。辛亥四月二十五日卒，年仅三十。初仅识字，随余检点图籍久，遂粗知文义，亦能以浅语成诗。临终，以小照付其女，口诵一诗，请余书之曰：'三十年来梦一场，遗容手付汝收藏，他时话我生平事，认取姑苏沈五娘。'泊然而逝。方病剧时，余以侍直圆明园，宿海淀槐西老屋。一夕恍惚两梦之，以为结念所致耳。既而知其是夕晕绝，移二时乃苏，语其母曰，适梦至海淀寓所，有大声如雷霆，因而惊醒。余忆是夕，果壁上挂瓶绳断堕地，始悟其生魂果至矣。故题其遗照云云。"

二十九岁自题小像八首（录五首） （清）左宗棠

犹作儿童句读师，平生至此乍堪思。学之为利我何有，壮不如人他可知。蚕已过眠应作茧，鹊虽绕树未依枝。回头廿九年间事，零落而今又一时。

锦不为幅自较量，无烦詹尹卜行藏。君王爱壮臣非老，贫贱骄人我岂狂。聊欲弦歌甘小僻，谁能台省待回翔。五陵年少劳相忆，燕雀何知羡凤皇。

十数年来一鲜民，孤雏肠断是黄昏。砚田终岁营儿哺，糠屑经时当夕飧。五鼎纵能隆墓际，只鸡终不逮亲存。乾坤忧痛何时毕，忍属儿孙咬菜根。

机云同住素心违，堪叹频年事事非。许靖敢辞推马磨，王章犹在卧牛衣。命奇似此人何与，我瘦如前君岂肥。来日连床鸡戒晓，碧湘宫畔雨霏霏。自注：兄所居，五代马氏碧湘宫废址也。

唐初身判原无格，汉室侏儒例免饥。仕宦何心争速化，人材似此不时宜。秋山缀石灯前影，春笋闻雷颔底髭。只待它年衰与老，披图聊得认参差。

题三十小像五首　（清）吴庆坻

食肉何曾尽虎头，卅年书剑海天秋。文章幸未逢黄相，襆被今犹窘马周。自是汝才难用世，岂真吾相不当候？须知少日拿云志，曾许人间第一流。

井蛙穴鼠岂称豪，会向天门跳掷高。牛背读书逢越国，车中奏笛识敖曹。金台骏骨谁为购，海上虬髯未易遭。壮志无成人欲老，怕看明镜有霜毫。

当年曾说阿龙骄，中岁功名尚寂寥。长剑斫蛟徒有愿，短衣射虎故无聊。江东人物谁为比，海外名流颇见招。挽住狂澜要身手，不曾瘦损沈郎腰。

几曾弹铗去依人，肮脏平生认此身。风泊鸾飘徒自恨，箕张牛愤太能伸。烂羊作尉何堪说，健犊奔车故绝尘。不学王郎悲斫地，倚天狂笑万花春。

意气犹堪撼百城，目星舌电几纵横。卧龙自昔劳三顾，大鸟他年会一鸣。何用升天与成佛，且当结客更论兵。关河异日无穷事，待看书生赤手撑。

自题小照二首　（清）汪笑侬

铜琶铁板当生涯，争识梨园著作家。此是庐山真面目，淋漓粉墨漫相加。

手挽颓风大改良，靡音曼调变洋洋。化身千万傥如愿，一处歌台一老汪。梁启超《饮冰室诗话》云："上海伶隐汪笑侬，以戏剧改良自任。吾未识其人，大约一种实行家也。顷上海发刊丛报一种，曰《二十世纪大舞台》，其目的专主改良戏剧。第一号篇首，有笑侬题词二绝云云，又揭笑侬小照，自题二绝云云，俨然诗人之诗，不徒以技名耳。"

篑斋以小像见贻题寄　(清)陈宝琛

十载街西形影随，五年南北尺书迟。梦中相见犹疑瘦，别后何时已有髭。机尽狎鸥原自适，声销卖药渐无知。江心忆拜张都像，热泪如潮雨万丝。自注：别于小金山襄愍读书处也。土人呼为张都。

卿怜像五首　(清)金兆蕃

石柱双双界墓田，他时拂水吊婵娟。渠侬更逊章台树，剩叶残枝落日边。

修竹今来倚岁寒，背灯拥髻泪阑干。小名早作飘零谶，两度冰山录上看。

红襟影在画梁空，坠粉沉吟恨未穷。富贵傥来原一例，齐奴侥倖作英雄。卿怜有诗云："金谷有人怜坠粉，他家夫婿是英雄。"

未老师师故里还，春芜红豆黯家山。流传更有安吴赋，刻画惊鸿玉项环。

小斋清闷画堂西，幕府翩翩彩笔携。想见从容挥翰日，夕阳平度两狻猊。自序云：卿怜濮氏常熟人。初为王味谦中丞

(亶望)妾,中丞籍没,入钮祜禄致齐相国(和珅)家,相国复败落人间。此像周采岩画,陈云伯为《卿怜曲》,陈曼生书之,题“嘉庆庚申”。二陈先生正在阮文达幕中,浙江巡抚公廨有斋曰“曼云阁”,文达为二陈先生所题,余亦尝居焉。庭有二石狮,故卒章及之。

自题小照　（清）秋　瑾（女）

俨然在望此何人,侠骨前生悔寄身。过世形骸原是幻,未来景界却疑真。相逢恨晚情应集,仰屋嗟时气益振。他日见余旧时友,为言今已扫浮尘。

为调筝人绘像二首　（清）苏曼殊

收拾禅心侍镜台,沾泥残絮有沉哀。湘弦洒遍胭脂泪,香火重生劫后灰。

淡扫蛾眉朝画师,同心华髻结青丝。一杯颜色和双泪,写就梨花付与谁?

（三）
体裁

一、竹枝词

巴女谣 (唐)于 鹄

巴女骑牛唱竹枝，藕丝菱叶傍江时。不愁日暮还家错，记得芭蕉出槿篱。袁枚云：宋人《渔父词》云："归来月下渔舟暗，认得山妻结网灯。"又云："不愁日暮还家错，记得芭蕉出槿篱。"二语相似，余寓西湖放生庵，夜深断桥独步，常恐迷路，望僧庵灯影而归，方悟二诗之妙。

竹枝词并引 (唐)刘禹锡

四方之歌，异音而同乐。岁正月，余来建平，里中儿联歌竹枝，吹短笛击鼓以赴节。歌者扬袂睢舞，以曲多为贤。聆其音，中黄钟之羽。卒章激讦如吴声，虽伧佇不可分，而含思宛转，有《淇澳》之艳。昔屈原居沅湘间，其民迎神，词多鄙陋，乃为作《九歌》，至于今荆楚歌舞之。故余亦作《竹枝词》九篇，俾善歌者扬之，附于末，后之聆巴歈，知变风之自焉。

白帝城头春草生，白盐山下蜀江清。南人上来歌一曲，北人陌上动乡情。

山桃红花满上头，蜀江春水拍山流。花红易衰似郎意，水流无限似侬愁。

江上朱楼新雨晴，瀼西春水縠文生。桥东桥西好杨柳，人来人去唱歌行。

日出三竿春雾消，江头蜀客驻兰桡。凭寄狂夫书一纸，住在成都万里桥。

两岸山花似雪开，家家春酒满银杯。昭君坊中多女伴，永安宫外踏青来。

城西门前滟滪堆，年年波浪不能摧。懊恨人心不如石，少时东去复西来。

瞿塘嘈嘈十二滩，此中道路古来难。长恨人心不如水，等闲平地起波澜。

巫峡苍苍烟雨时，清猿啼在最高枝。个里愁人肠自断，由来不是此声悲。

山上层层桃李花，云间烟火是人家。银钏金钗来负水，长刀短笠去烧畲。

竹枝词二首　　(唐)刘禹锡

杨柳青青江水平，闻郎江上唱歌声。东边日出西边雨，道是无晴却有晴。

楚水巴山江雨多，巴人能唱本乡歌。今朝北客思归去，回入《纥那》披绿罗。

竹枝词　　(北宋)韩　驹

君住江滨起柁楼，妾居海角送潮头。潮中有妾相思泪，流到楼前更不流。

竹枝词二首　　(清)方　文

侬家住在大江东，妾似船桅郎似篷。船桅一心在篷里，篷无定向只随风。

春水新添几尺波，泛舟小妇解吴歌。笑指侬如江上月，团圆时少缺时多。

绝句二首　　(清)王士禛

波绕雷塘一带流，至今水调怨扬州。年来惯听吴娘曲，暮雨潇潇水阁头。

七载离筵唤奈何，玉壶红泪敛青蛾。潇潇暮雨南阳驿，重听吴娘一曲歌。王士禛《香祖笔记》："白乐天诗'吴娘暮雨潇潇曲，自别江南久不闻'极是佳句。虞山钱牧斋宗伯诗：'东风谁唱吴娘曲，暮雨潇潇暗禁城。'予亦有二绝句。"云云。

岭南竹枝词百首（录一首）　　（清）谭莹

优劣由来莫定评，南中品第更谁争。竹垞自是平章老，降紫颁红论最平。屈向邦《粤东诗话》："朱竹垞曾亲尝闽广佳荔（枝），评曰：'荔枝以粤中所产挂绿为最，福州之佳者，尚未敌岭南之黑叶也。'"

西沪按：此象山之西扈也。棹歌百廿首（录十首）　　（清）姚燮

选胜重来浃上翁，打榔腔调付渔童。似听老妪喃喃语，半述山川半土风。

膝骑海马似飞凫，截竹为筒插满涂。初八廿三逢小水，好研乌糯煮阑胡。自注：海马形如舟，阔不盈尺。长约五尺余，中植木二尺许，上有横梁可执手，每人涂深处，即以一足跪其中，一足踩涂，其疾如驶，渔家咸备之。大约是禹乘四载泥行橇之遗制。渔人多以竹筒捕阑胡，阑胡即弹涂也。

兰冠荔袂饰姣童，鼍鼓喧阗竹炬红。村女压塍看故事，纻衫都带稻花风。

嫩杨茁绿小桃妍，生蛐升槃蛤上筵。煮得满盂天外饭，一家弟妹坐团圆。生蛐似蛤而长，二月二日，小儿女煮天外饭食之，谓能益智。

女郎吃罢上灯圆，踏月张田到李田。争要肌肤如雪白，打来菜麦满油肩。元宵夜，俗以粉作团子，日上灯圆。是夕，妇女各成群出外，必取李家菜、张家麦拂肩，相视云：张家菜李家麦，打打油肩雪样白，俗称为撣油肩。

今朝佳节遇天中，早起梳头倚翠栊。五色萝蛮缠彩胜，鬓边不插石榴红。俗于端午日妇女制纸花插头。

纷纷青紫蟹爬沙，对对雌雄鲎入笆。净漂春糟糟白鳊，匀调伏酱酱黄花。鲎来必以雌负雄，成对，沪涂插竹为笆以取之，名曰鲎笆。黄花鱼即石首鱼之小者，二三月间有之。

餈糁新奇应节栽，骆驼去后牡丹开。花朝已食聪明菜，立夏还尝瞌睡梅。端午日风俗，作骆驼蹄糕。重九作牡丹糕。二月初二花朝日，妇女煮饭，杂以菜食之，谓主聪明。立夏日，摘梅食之谓能醒睡。

阿侬家住杏村旁，裙带春开酒甕香。郎在荷花心里住，莫教飞入野鸳鸯。墙头村一名杏村。荷花心地名。裙带糯可酿酒。

裙褶青罗袄翠纱，过桥红舄满帮花。灶煤一点涂儿额，抱坐娘兜往外家。小儿随母归宁，以灶煤染指点额，谓之灶记。

介休镫词八首 （清）樊增祥

铜街车马宛如龙，两面花棚淡荡风。恰似春星千万点，银河一道贯当中。

星桥十丈亘天街，曼衍鱼龙队队来。莫是琅琊新幕府，红莲千朵一时开。

串串明珠夺月辉，琉璃无缝任风吹。凤凰打挂双带衔，宛转流苏到地垂。

斗样方灯制作殊，冰绌四扇白纱糊。并门亦有丹青手，尽画麒麟阁上图。

飞舞双龙鳞鬣殊，通身解散极盘纡。看他首尾浑相应，只趁中间一颗珠。

蓦闻箫鼓起汾流，衔尾红鱼在后头。陆地展开五湖水，美人轻荡采莲舟。

鬓花莲草颤丫兰，弓履青珠小凤衔。身作美人灯一盏，月中摇曳茜红衫。

阅尽花棚鼓笛幽，双台对起赌歌喉。不须更打春灯谜，驻马萧萧听《石州》。

二、杨柳枝

杨柳枝二十韵 (唐)白居易

小妓携桃叶，新歌蹋柳枝。妆成剪烛后，醉起拂衫时。绣履娇行缓，花筵笑上迟。身轻委回雪，罗薄透凝脂。笙引簧频暖，筝催柱数移。乐童翻怨调，才子与妍词。便想人如树，先将发比丝。风条摇两带，烟叶贴双眉。口动樱桃破，鬟低翡翠垂。枝柔腰袅娜，荑嫩手葳蕤。鹤唳晴呼伴，猿哀夜叫儿。玉敲音历历，珠贯字累累。袖为收声点，钗因赴节遗。重重遍头别，一一拍心知。塞北愁攀折，江南告别离。黄遮金谷岸，绿映杏园池。春惜芳华好，秋怜颜色衰。取来歌里唱，胜向笛中吹。曲罢那能别，情多不自持。缠头无别物，一首断肠诗。

杨柳枝词八首 (唐)白居易

六么水调家家唱，白雪梅花处处吹。古歌旧曲君休听，听取新翻杨柳枝。

依依嫋嫋复青青，勾引清风无限情。白雪花繁空扑地，绿丝条弱不胜莺。

红板江桥青酒旗，馆娃宫暖日斜时。可怜雨歇东风定，万树千条各自垂。

苏州杨柳任君夸，更有钱塘胜馆娃。若解多情寻小小，绿杨深处是苏家。

苏家小女旧知名，杨柳风前别有情。剥条盘作银环样，卷叶吹为玉笛声。

叶含浓露如啼眼，枝嫋轻风似舞腰。小树不禁攀折苦，乞君留取两三条。

人言柳叶似愁眉，更有愁肠似柳丝。柳丝挽断肠牵断，彼此应无续得期。

一树春风千万枝，嫩如金色软于丝。永丰西角荒园里，尽日无人属阿谁。

杨柳枝词九首　（唐）刘禹锡

塞北梅花羌笛吹，淮南桂树小山词。请君莫奏前朝曲，听唱新翻《杨柳枝》。

南陌东城春早时，相逢何处不依依。桃红李白皆夸好，须得垂杨相发挥。

凤阙轻遮翡翠帏，龙池遥望曲尘丝。御沟春水相辉映，枉杀长安年少儿。

金谷园中莺乱飞，铜驼陌上好风吹。城中桃李须臾尽，争似垂杨无限时。

花萼楼前初种时，美人楼上斗腰支。如今抛掷长街里，露叶如啼欲恨谁？

炀帝行宫汴水滨，数株残柳不胜春。晚来风起花如雪，飞入宫墙不见人。

御陌青门拂地垂，千条金缕万条丝。如今绾作同心结，将赠行人知不知？

城外春风吹酒旗，行人挥泪日西时。长安陌上无穷树，惟有垂杨绾别离。

轻盈袅娜占年华，舞榭妆楼处处遮。春尽絮飞留不得，随风好去落谁家？

杨柳枝二首　（唐）刘禹锡

迎得春光先到来，轻黄浅绿映楼台。只缘袅娜多情思，便被春风长挫摧。

巫峡巫山杨柳多，朝云暮雨远相和。因想阳台无限事，为君回唱竹枝歌。

杨柳枝五首　（唐）姚合

黄金丝挂粉墙头，动似颠狂静似愁。游客见时心自醉，无因得见谢家楼。

叶叶如眉翠色浓，黄莺偏恋语从容。桥边陌上无人识，雨湿烟和思万重。

江上东西离别饶，旧条折尽折新条。亦知春色人将去，犹胜狂风取次飘。

二月杨花触处飞，悠悠漠漠自东西。谢家咏雪徒相比，吹落庭前便作泥。

江亭杨柳折还垂，月照深黄几树丝。见说隋堤枯已尽，年年行客怪春迟。

杨柳枝　（唐）施肩吾

伤见路边杨柳枝，一重折尽一重新。今年还折去年处，不送去年离别人。

杨柳枝　（唐）裴夷直

已作绿丝笼晓日，又成飞絮扑晴波。隋家不合栽杨柳，长遣行人春恨多。

杨柳枝　（唐）张　祜

凝碧池边敛翠眉，景阳楼下绾青丝。那胜妃子朝元阁，玉手和烟弄一枝。三个地名，概括了玄宗晚年的失误。

柳枝词二首　（唐）韩　琮

梁苑隋堤事已空，万条犹舞旧春风。那堪更想千年后，谁见杨花入汉宫。

枝斗纤腰叶斗眉，春来无处不如丝。霸陵原上多离别，少有长条拂地垂。

柳枝词　（唐）何希尧

大堤杨柳雨沉沉，万缕千条惹恨深。飞絮满天人去远，东风无力系春心。

杨柳枝三首　（唐）温庭筠

宜春苑外最长条，闲袅春风伴舞腰。正是玉人肠断处，一渠春水赤栏桥。

金缕毵毵碧瓦沟，六宫眉黛惹香愁。晚来更带龙池雨，半拂栏干半入楼。

馆娃宫外邺城西，远映征帆近拂堤。系得王孙归意切，不关春草绿萋萋。

折杨柳七首　（唐）段成式

枝枝交影锁长门，嫩色曾沾雨露恩。凤辇不来春欲尽，空留莺语到黄昏。

水殿年年占早芳，柔条偏惹御炉香。而今万乘多巡狩，辇路无荫绿草长。

玉楼烟薄不胜芳,金屋寒轻翠带长。公子骅骝往何处,绿阴堪系紫游缰。

嫩叶初齐不耐寒,风和时拂玉栏干。君王去日曾攀折,泣雨伤春翠黛残。

微黄才绽未成阴,绣户朱帘相映深。长恨早梅无赖极,先将春色出前林。

隋家堤上已成尘,汉将营边不复春。只向江南并塞北,酒旗相伴惹行人。

陌上河边千万枝,怕寒愁雨尽低垂。黄金穟短人多折,已恨东风不展眉。

折杨柳十二首　(唐)薛　能

华清高树出离宫,南陌柔条带暖风。谁见轻荫是良夜,瀑泉声伴月明中。华清即华清宫,在临潼。

洛桥晴景覆江船,羌笛秋声湿塞烟。闲想习池公宴罢,水蒲风絮夕阳天。

嫩绿轻悬似缀旒,路人遥见隔宫楼。谁能更近丹墀种,解播皇风入九州。缀旒,旌旗下面悬垂的饰物。语出

《诗·商颂》。

暖风晴日断浮埃，废路新条发钓台。处处轻荫可惆怅，后人攀折古人栽。

汴水高悬百万条，风清两岸一时摇。隋家力尽虚栽得，无限春风属圣朝。

窗外齐垂旭日初，楼边轻暖好风徐。游人莫道栽无益，桃李清荫却不如。

众木犹寒独早青，御沟桥畔曲江亭。陶家旧日应如此，一院春条绿绕厅。

数首新诗带恨成，柳丝牵我我伤情。柔娥幸有腰肢稳，试踏吹声作唱声。

高出军营远映桥，贼兵曾斫火曾烧。风流性在终难改，依旧春来万万条。

晴垂芳态吐芽新，雨摆轻条湿面春。别有出墙高数尺，不知摇动是何人。

暖梳簪朵事登楼，因挂垂杨立地愁。牵断绿丝攀不及，半空悬着玉搔头。

狂似纤腰嫩胜绵，自多情态竟谁怜。游人不折还堪恨，抛向桥边与路边。

折杨柳二首　(唐)僧齐己

凤楼高映绿阴阴，凝重多含雨露深。莫谓一枝柔软力，几曾牵破别离心。

馆娃宫畔响廊前，依托吴王养翠烟。剑去国亡台榭毁，却随红树噪秋蝉。

柳枝词　(北宋)郑文宝

亭亭画舸系春潭，直到行人酒半酣。不管烟波与风雨，载将离恨过江南。吴乔《围炉诗话》云："人自别离，却怨画舸。"

扬州杨柳枝　(清)曾 燠

绛仙眉黛宝儿腰，妒尽春风一万条。今日飞花寒食节，玉钩斜畔雨潇潇。

鉴湖柳枝词 (清)李慈铭

家家门巷正啼莺,取次轻阴间嫩晴。满院杨花人不到,秋千撩乱作清明。狄葆贤《平等阁诗话》:"绝句如须弥藏芥子,自古为难。其要旨则在一气回旋蕴含无尽。有以议论胜者,有以神韵胜者,……神韵则李莼客(慈铭)《鉴湖柳枝词》。"

柳枝词三首 (清)王闿运

南中卑湿北尘沙,独有垂杨春意赊。莫道生来总离别,五株终老在陶家。

禁柳烧残春又生,公卿无复问圆明。惟余旧日宫鸦在,犹为先皇啼数声。

芦笋生时柳絮飞,知君应诏早分题。而今转更无才思,不解漫天但作泥。《湘绮楼说诗》云:"韩退之诗云:'草树知春不久归,百般红紫斗芳菲;杨花榆荚无才思,唯解漫天作雪飞。'盖刺当时执政之臣叔文、伾、谊之属、其'红紫'、'芳菲',则刘、柳之俦也。乙丑春闱,余居清苑,不复与都堂之试,众或讶焉。适汪仙谱请赋《柳枝词》,因题三绝句云云。"

三、游仙诗

和严给事闻唐昌观玉蕊花下有游仙二首

（唐）刘禹锡

玉女来看玉蕊花，异香先引七香车。攀枝弄雪时回顾，惊怪人间日易斜。

雪蕊琼丝满院春，衣轻步步不生尘。君平帘下徒相问，长伴吹箫别有人。

刘阮妻二首　（唐）元　稹

仙洞千年一度开，等闲偷入又偷回。桃花飞尽秋风起，何处消沉去不来？

芙蓉脂肉绿云鬟，罨画楼台青黛山。千树桃花万年药，不知何事忆人间。

小游仙诗九十八首（录七首）　（唐）曹唐

骑龙重过玉溪头，红叶还春碧水流。省得壶中见天地，壶中天地不曾秋。

（明）周珽：此极言仙家在烟霞水面之间，理乱不闻，荣辱不及，别成一世界也。按尧宾（作者字尧宾）初为羽士，后加中帻，举进士第，历任诸府从事，郁郁不得志，见诸词章，不无托想于远游升天焉。其《小游仙》诗近百篇。如此作玩"重过"、"省得"四字，分明有出山之悔，复兴绝尘之思乎？——《唐诗选脉会通评林》

玉诏新除沈侍郎，便分茅土镇东方。不知今夕游何处，侍从皆骑白凤凰。

（五代）孙光宪：沈询侍郎清粹端美，神仙中人也。制除山北节旄，京师诵曹唐《游仙诗》"玉诏新除沈侍郎"。——《北梦琐言》

偷来洞口访刘君，缓步轻抬玉线裙。细擗桃花逐流水，更无言语倚彤云。

风动闲天清桂阴，水晶帘箔冷沉沉。西妃少女多春思，斜倚彤云尽日吟。

共爱初平住九霞，焚香不出闭金华。白羊成群难收拾，吃尽溪头巨胜花。

（明）杨慎：题赤松诗，舒道纪最佳。唐人如皎然、曹唐二绝句亦可喜……曹云："共爱初平（略）。"吾乡谈赤松题咏者未有人拈出也。——《升庵诗话》

方士飞轩住碧霞，碧霞，元始天尊所居。见《太平御览》。酒寒风冷月初斜。不知谁唱归春曲，"归春曲"或是"归春乐"。见《洞冥记》。落尽溪头白葛花。

琼树扶疏压瑞烟，玉皇朝客满花前。东风小饮人皆醉，短尾青龙枕水眠。

（明）陆时雍：王建《宫词》百首，曹唐《游仙》九十八首，皆对境生情，令人有如在当年之趣。——《唐诗镜》

（明）许学夷：游仙诗其来已久，至曹唐则有七言绝九十八首。后人赋游仙绝句，实起于此。——《诗源辩体》

大游仙刘晨阮肇游天台　（唐）曹　唐

树入天台石路新，云和草静迥无尘。烟霞不省生前事，水木空疑梦后身。往往鸡鸣岩下月，时时犬吠洞中春。不知此地归何处，须就桃源问主人。

（明）周珽：此拟游仙诗也。言天台石路人迹罕到，刘、阮至此不觉身世俱忘。盖以云草幽寂，疑非尘世；鸡犬相闻，又似人间。故不知归宿在何处，欲寻仙源，一问之也。"烟霞"、"水木"而日"生前"、"梦里"，说得仙境虚玄，妙在"不省"、"空疑"四字。鸡鸣岩月，犬吠洞春，极清山矣：曰"往往"、"时时"，见山家景物修异。刘、阮何物骨相，得此奇逢

耶？今世遭遇，忽焉出自意表，有不自知其故者，何异于是！尧宾游仙诸作，大抵摹写神仙景事幻化，而寓意悠深，律调多不食烟火人语，非洞彻玄理道妙，不能深刻如是。——《唐诗选脉会通评林》

（清）屈复：此类题曹唐诗最多，皆不脱俗气，此首稍雅。——《唐诗成法》

刘阮洞中遇仙子　（唐）曹唐

天和树色霭苍苍，霞重岚深路渺茫。云实《广雅》："天豆，云实也。"《唐本草》："云实大如黍及大麻子等，黄黑似豆，故名天豆。"满山无鸟雀，水声沿涧有笙簧。碧沙洞里乾坤别，红树枝前日月长。愿得花间有人出，免令仙犬吠刘郎。

仙子送刘阮出洞　（唐）曹唐

殷勤相送出天台，仙境那能却再来。云液云液，美酒也，见《抱朴子》。既归须强饮，玉书无事莫频开。花当洞口应长在，水到人间定不回。惆怅溪头从此别，碧山明月照苍苔。

（元）方回：曹唐专借古仙会聚离别之事，以寓写情之妙。有如鬼语者，有太粗者。选此二首，极其精婉。——《瀛奎律髓汇评》

（清）纪昀：此评愦愦。颜延年始作《织女赠牵牛》诗。流及曹唐，遂有游仙诗，殊为俗格。虚谷知薄许浑而取此何耶？盖许浑尝为后山所排故耳。——同上

（清）查慎行：五、六二句，出洞情事，大有仙凡之判。——同上

仙子洞中有怀刘阮　(唐)曹　唐

不将清瑟理霓裳，尘梦那知鹤梦长。洞里有天春寂寂，人间无路月茫茫。玉沙瑶草连溪碧，流水桃花满洞香。晓露风灯《传灯录》："一年一觉红尘梦，不定风灯是此身。"零落尽，此生无处访刘郎。

(宋)李昉：《灵怪录》云："(曹唐)久举不第，尝寓居江陵佛寺中，亭沼境甚幽胜，每日临玩赋诗，得两句曰：'水底有天春寂寂，人间无路月茫茫。'吟之未久，自以为常制皆不及此作。一日，还坐亭沼上，方用怡咏，忽见二妇人，衣素衣，貌甚闲冶，徐步而吟，则唐前所作之二句也。唐自以制之翌日，人固未有知者，何遽而得之？因追而讯之，不应而去，未十余步，不见矣。……数日后，唐卒于佛寺中。"——《太平广记》

(清)钱朝鼒、王俊臣：此亦设为想念之意也。一、二即写"怀"字意，言仙凡迥隔，尘梦鹤梦，相去悬绝。三、四即承写此意。五、六言刘、阮已去，悠悠仙梦，但见"玉沙瑶草"而已，"流水桃花"而已，即结之"何去问刘郎"也。——《唐诗鼓吹笺注》

(清)钱谦益、何焯："月茫茫"用奔月事。——《唐诗鼓吹评注》

刘阮再到天台不复见诸仙子　(唐)曹　唐

再到天台访玉真，青苔白石已成尘。笙歌冥寞闲深洞，云鹤萧条绝旧邻。草树总非前度色，烟霞不似往年春。桃花流水依然在，不见当时劝酒人。

(清)查慎行:第七句与第五句微有碍。——《瀛奎律髓汇评》

(清)纪昀:后四句用语太复。——同上

张硕重寄杜兰香

《搜神记》:"汉有杜兰香者,以建业四年数诣张硕,可十六七,说事邈然久远,有婢二人,大者萱枝,小者松枝,钿车青牛上饮食皆备。"

(唐)曹 唐

碧落香销兰露秋,星河无梦夜悠悠。灵妃郭璞《游仙诗》:"灵妃顾我笑。"不降三清驾,仙鹤空成万古愁。皓月隔花追欵别,飞烟笼树省淹留。人间何事堪惆怅,海色西风十二楼。《云笈七签》:"昆仑山在八海之间,有黄金台五所,玉楼十二,金城千里。"

玉女杜兰香下嫁于张硕 (唐)曹 唐

天上人间两渺茫,不知谁识杜兰香。来经玉树三山远,去隔银河一水长。怨入清尘愁锦瑟,酒倾玉露《洞冥记》:"东方朔得玉露献帝,遍赐群臣,老者少,疾者愈。"醉瑶觞。遗情更说何珍重,擘破云鬟金凤凰。

萧史携弄玉上升 (唐)曹 唐

岂是丹台归路遥,紫鸾烟驾不同飘。一声洛水传幽咽,万片宫花共寂寥。红粉美人愁未散,清华公子笑相邀。缑山碧树青楼月,肠断春风为玉箫。

黄初平初入金华山

《神仙传》:“黄初平,年十五,家使牧羊,有道士将至金华石室中,其兄索初平不得,后见市中有一道士,问之,得相见。问初平羊何在?初平乃叱白石,皆变为羊。”　(唐)曹　唐

莫道真游烟景赊,潇湘有路入金华。溪头鹤树春常在,洞口人间日易斜。一水暗鸣闲绕涧,五云长往不还家。白羊成队难收拾,吃尽溪边巨胜花。《抱朴子》:“巨胜一名胡麻饵,服之不老。”

游　仙　(五代)王贞白

我家三岛上,洞户眺波涛。醉背云屏卧,谁知海日高。露香红玉树,风绽碧蟠桃。悔与仙子别,思归梦钓鳌。

水调歌头　(北宋)黄庭坚

瑶草一何碧,春入武陵溪。溪上桃花无数,枝上有黄鹂。我欲穿花寻路,直入白云深处,浩气展红霓。只恐花深里,红露湿人衣。王维诗:“山路元无雨,空翠湿人衣。”

坐玉石,倚玉枕,拂金徽。谪仙何处,无人伴我白螺杯。我为灵芝仙草,不为朱唇丹脸,此指溪上的桃花。长啸

亦何为？醉舞下山去，明月逐人归。李白诗："暮从碧山下，山月随人归。"

（明）沈际飞：起句古，"红露"句媚，"明月"句闲。其余当耐之。——《草堂诗余正集》

（清）黄苏：一往深秀，吐属隽雅绝伦。——《蓼园词选》

步虚词三首　（金）元好问

阆苑仙人白锦袍，海山宫阙醉蟠桃。三更月底鸾声急，万里风头鹤背高。

万神朝罢出通明，和气欢声满玉京。见说人间有新异，绿章封事谢升平。

琪树明霞碧落宫，歌音嫋嫋度泠风。人间听得霓裳惯，犹恐钧天是梦中。

嘉靖丙寅，余寓杭之玄妙观，梦一道士，长身美髯，时已被酒，牵余衣曰：为我作醉仙词，因信口十章，觉而记其四　（明）吴承恩

一片红云贴水飞，醉横铁笛驾云归。龙宫献出珊瑚树，系向先生破衲衣。

有客焚香拜我前,问师何道致神仙?神仙可学无他术,店里提壶陌上眠。

一日村中醉百壶,黄金点化酒钱粗。儿童拍手拦街笑,觅我腰间五岳图。

怪墨涂墙舞乱鸦,醉中一任字横斜。新诗未寄西王母,先落宜城卖酒家。湖北宜城,汉代即以酒名。

游仙词　(清)吴骐

明月空山独鼓琴,景珠驰辇夜相寻。山腰十丈秦时雪,印得麒麟足迹深。

游仙二首　(清)史震林

佛函佛笈记曾谈,大地如球绕看三。天外有天君到否,梅花都不异江南。

水云凄冷到初冬,避尽春来蝶与蜂。最是花神不安处,海棠无福见芙蓉。

反游仙六首　(清)梁同书

漫说长生有秘传,餐芝绝粒几经年。登仙直是寻常事，鸡犬由来亦上天。

瑶林琼树生来有，玉宇云楼望里深。上界不闻阿堵贵，道人偏要炼黄金。

曾侍朝元三殿来，遥瞻旌节下蓬莱。如何一片飞凫影，也被人间网得回。

赚他刘阮是何人，毕竟迷楼莫当真。我是天台狂道士，桃花多处急抽身。

扰扰蜉蝣奈若何，寸田尺宅竟蹉跎。自从偷吃嵇康髓，只觉胸中块垒多。

金钗六六鸳鸯队，画戟双双甲第开。毕竟人间胜天上，不然刘阮不归来。

小游仙词十五首　（清）龚自珍

历劫丹砂道未成，天风鸾鹤怨三生。是谁指与游仙路，抄过蓬莱隔岸行。

九关虎豹不讥诃，香案偏头院落多。赖是小时清梦到，红墙西去即银河。

玉女窗中梳洗成，隔纱偷眼大分明。侍儿不敢频频报，露下瑶阶湿姓名。

珠帘揭处佩环摇，亲荷天人语碧霄。别有上清诸女伴，隔窗了了见文箫。

寒暄上界本来希，不怨仙官识面迟。侥幸梁清一私语，回头还恐岁星疑。

雅谜飞来半夜风，鳌山徒侣沸春空。顽仙一觉浑瞒过，不在鱼龙曼羡中。

丹房不是漫相容，百劫修成忍辱功。几辈凡胎无觅处，仙姨初豢可怜虫。

露重风多不敢停，五铢衫子出云屏。朝真袖屦都依例，第一难笺《璎珞经》。

不见兰旌与桂旄，九歌吹入凤凰箫。云中挥手谁相送？依约湘君旧姓姚。

仙家鸡犬近来肥，不向淮王旧宅飞。却踞金床作人语，背人高坐着天衣。

谛观《真诰》久徘徊，仙楮同功一茧裁。姊妹劝书尘世字，莫瞋仓颉不仙才。

秘籍何人领九流，一编鸿宝枕中抽。神光照见黄金字，笑到仙人太乙舟。

金屋能容十种仙，春娇簇簇互疑年。我来敢恨初桄窄，曾有人居大梵天。

吐火吞刀诀果真，云中不见幻师身。上方倘有东黄祝，先乞灵符制雹神。原注：雹神姓李，见《神仙鉴》。

众女蛾眉自尹邢，风鬟露鬓觉伶俜。扪心半夜清无寐，愧负银河织女星。

小游仙十首（录三首）　（清）翁同龢

昨夜天书下九重，群仙都在蕊珠宫。文昌原属三能职，何事传宣南极翁。

托根端要傍瑶台，未必仙翁胜众材。只为玉皇亲手种，大家推作百花魁。

阆风妙圃剧清凉，不愿升天便退藏。留此世间真

道德，看人搤腕献奇方。陈声聪《兼于阁诗话》:“游仙之作，始于《选》诗，比兴之体也。语多自叙，后乃广泛应用，凡不可言，不欲言之事，皆可托之而吟。”

四、睡　梦

同李十一醉忆元九　(唐)白居易

花时同醉破春愁，醉折花枝作酒筹。忽忆故人天际去，计程今日到梁州。

梁州梦　(唐)元　稹

梦君同绕曲江头，也向慈恩院院游。亭吏呼人排去马，忽惊身在古梁州。

思江南　(唐)方　干

昨草枯今日青，羁人又动望乡情。夜来有梦登归

路，不到桐庐已及明。

（清）贺裳：诗有同出一意而工拙自分者。如戎昱《寄湖南张郎中》“寒江近户漫流声，竹影当窗乱月明。归梦不知湖水阔，夜来还到洛阳城”。与武元衡“春风一夜吹乡梦，又逐春风到洛城”同意，而戎语为胜，以“不知湖水阔”五字，有搔头弄姿之态也。然皆本于岑参“枕上片时春梦中，行尽江南数千里”。至方干“昨日草枯今日青……”则又竿头进步，妙于夺胎。——《载酒园诗话》

女冠子　（五代）韦　庄

昨夜夜半，枕上分明梦见，语多时。依旧桃花面，用崔护《题都城南庄》“人面桃花相映红”句意。频低柳叶眉。　半羞还半喜，欲去又依依。觉来知是梦，不胜悲。

望江南　（五代）李　煜

多少恨，昨夜梦魂中。还似旧时游上苑，车如流水马如龙。花月正春风。梦醒忆梦，梦境与亡国后之现实成强烈反差。

梦后寄欧阳永叔　（北宋）梅尧臣

不趁常参久，唐宋制度：皇帝正朝日，在大殿朝见，称“常参”。作者于皇祐五年丧母，故云。安眠向旧溪。五更千里梦，残月一城鸡。适往言犹是，浮生理可齐。山王指竹林七贤中的山涛与王戎。今已贵，肯听竹禽啼。

(元)方回：此乃晓寐方觉之诗。三、四佳。末句言永叔已贵，无高眠之适矣。——《瀛奎律髓汇评》

(清)冯舒：以竹林俗物比永叔，是否？——同上

(清)纪昀：三、四嫌太现成。右丞“五湖三亩宅，万里一归人”，顾非熊“一家千里外，残月五更头”，皆非高境也。——同上

春　睡　(北宋)苏舜钦

别院帘昏卷竹扉，朝酲未解接春晖。身如蝉蜕一榻上，梦似扬花千里飞。嗒尔忘怀貌。嗒读塔，入声。暂能离世网，陶然直欲见天机。此中有德堪为颂，绝胜人间较是非。

(元)方回：苏沧浪诗律悲壮，予少尝嗜之。三、四绝佳，或以为子美早世之兆；又“山蝉带响穿疏户，野蔓蟠青入破窗”，亦议其意味寂寞，所以终于沧浪，皆非也。修短有数，自说死而不死者何限耶。——《瀛奎律髓汇评》

(清)纪昀：此自正论。然人之穷通，亦往往见于气象之间。福泽之人作苦语亦沉郁，潦倒之人作欢语亦寒俭，不必定在字句之吉祥否也。——同上

(清)查慎行：三、四嫌“如”字、“似”字，琢句未超，他非所论。——同上

假寐 （北宋）王安国

计较平生分闭关，偶然容得近人寰。春风池沼鱼儿戏，暮雨楼台燕子闲。假寐尘侵黄卷上，行吟花堕绿苔间。了无一事撩方寸，自是颓龄合鬓斑。

（元）方回：平甫诗富满。第七句好，尾句无怨言，诗人当行耳。——《瀛奎律髓汇评》

（清）纪昀：凡作诗人，皆知温厚之旨，而矢在弦上，牢骚之语，摇笔便来，故和平语极是平常事，却极是难事。虚谷此言未免看得轻易，由其平日论诗只讲字句，不甚深索本原。"鱼儿"、"燕子"太袭工部。——同上

（清）查慎行：三、四"鱼儿"、"燕子"作对，本用少陵诗而"风"、"雨"二字颠倒出之。——同上

昔在九江，与苏伯固唱和。其略曰："我梦扁舟浮震泽，雪浪横空千顷白。觉来满眼是庐山，倚天无数开青壁。"盖实梦也。昨日又梦伯固手持乳香婴儿示予，觉而思之，盖南华赐物也。岂复与伯固相见于此耶？今得来书，知已在南华相待数日矣。感叹不已，故先寄此诗

（北宋）苏轼

扁舟震泽定何时，满眼庐山觉又非。青草池塘惠连梦，上林鸿雁子卿归。水香知是曹溪口，眼净同看古佛衣。古佛衣即六祖慧能衣钵留于寺者也。不向南华结香火，南

华寺名，在曹溪口。天监元年，有婆罗门智药者，南游至曹溪口，掬水闻香，云："此必胜地，可建道场。"于是遂有南华寺。此生何处是真依。

好事近·梦中作　（北宋）秦 观

春路雨添花，花动一山春色。行到小溪深处，有黄鹂千百。　　飞云当面化龙蛇，夭矫转空碧。醉卧古藤阴下，了不知南北。

(宋)苏轼：庚辰岁六月二十五日，予与少游相别于海康，意色自若，与平日不少异。但自作挽词一篇，人或怪之。予以谓少游齐死生，了物我，戏出此语，无足怪者。已而北归，至藤州，以八月十二日，卒于光华亭上。呜呼，岂亦自知当然者耶，乃录其诗云。——《书秦少游挽词后》

(宋)周紫芝：山谷先生吊少游诗云"少游醉卧古藤下，谁与愁眉唱一杯，解道尊前断肠句，江南惟有贺方回"。此以言语文字知少游者也。余乡人有官藤州者，谓藤人为余言，少游既病，洗沐，步上光华亭，手持白玉杯，命取江水，立酌一杯而逝。呜呼，此岂徒然哉。东坡题少游自作挽词，以为能一死生，齐物我，是真知少游者也。——《太仓稊米集》

(宋)吴琅：张祜有句云"故国三千里，深宫十二年"。以此得名，故杜牧云"可怜故国三千里，虚唱宫词满后宫"。郑谷亦云"张生故国三千里，知者惟应杜紫薇"。秦少游有词云"醉卧古藤阴下"。故山谷云"少游醉卧古藤下，谁与愁眉唱一杯。解作江南断肠句，只今惟有贺方回"。正与杜、郑同意。——《荆溪林下偶谈》

(明)郎瑛：秦少游与苏黄齐名。尝梦中作《好事近》云"山路雨添花(略)"。其后以事谪藤州，竟死于藤。此词其谶乎？少游同时有贺铸字方回，尝作《青玉案》词悼之，云"凌波不过横塘路(略)"。山谷有诗云"少游醉卧古藤下(略)"。秦词世人少知，予尝亲见其墨迹，后有近代刘

菊庄题云"名并苏黄学更优，一词遗墨至今留。无人唤醒藤州梦，淮水淮山总是愁"。亦不胜其慨。——《七修类稿》

(明)卓人月：曹唐偶咏"水底有天春漠漠，人间无路月茫茫"，遂卒于僧舍。少游此词，如鬼如化，固宜不允。——《古今词统》

(清)周济：隐括一生，结语遂作藤州之谶。选语奇警，醉卧光华亭而卒，此为词谶矣。——《宋四家词选》

正月二十日梦在京师　(北宋)张　耒

客睡何辗转，青灯暗又明。春云藏泽国，夜雨啸山城。许国有寸铁，耕田无一成。矇眬五更梦，俄顷踏如京。

(元)方回：三、四字眼工，五、六又出奇，不拘常调。——《瀛奎律髓汇评》

(清)纪昀：上句五仄，下句第三字用平字，乃定格，非出奇。"啸"字不稳。○"有"、"田"、"一成"四字如此翻用，欠妥。且耕亦不须一成之多。○结处入题拙甚。——同上

采桑子　(北宋)朱敦儒

一番海角凄凉梦，却到长安。翠帐犀帘，依旧屏斜十二山。十二扇屏风也。　玉人为我调琴瑟，颦黛低鬟。云散香残。醒矣。风雨蛮溪承第一句"海角"。半夜寒。
刘学锴云："首二句以'海角'与'长安'对映，末二句以现实与梦境对照，首尾呼应，使全词成为一个浑然的整体，这在小令的结构艺术上也是一种创造。"

点绛唇　(北宋)李　祁

楼下清歌，水流歌断春风暮。梦云烟树。依约江南路。　　碧水黄沙，梦到寻梅处。花无数。问花无语。明月随人去。邱鸣皋云：“(此词)由闻歌而入梦，由梦中寻觅而转入对月怀人。”〇又云：“春风暮”景语，一字一景。词中以下诸景，皆缘此三字而来。

梦　(南宋)吕本中

梦入长安道，萋萋尽春草。觉来春已去，一片池塘好。化用谢灵运“池塘生春草，园柳变鸣禽”句。末句寄希望于将来也。

夜游宫·记梦寄师伯浑师伯浑字浑甫。作者在四川与他结识，引为知己。　(南宋)陆　游

雪晓清笳乱起。梦游处、不知何地。铁骑无声望似水。想关河，雁门西，青海际。　　睡觉睡醒也。寒灯里。漏声断，月斜窗纸。自许封侯在万里，有谁知，鬓虽残，心未死。

鹧鸪天·睡起即事　(南宋)辛弃疾

水荇参差动绿波。一池蛇影噤群蛙。因风野鹤

饥犹舞，积雨山栀病不花。　　名利处，战争多。门前蛮触日干戈。不知更有槐安国，梦觉南柯日未斜。

鹧鸪天·不寐　（南宋）辛弃疾

老病那堪岁月侵。霎时光景值千金。一生不负溪山债，百药难医书史淫。　　随巧拙，任浮沉。人无同处面如心。不妨旧事从头记，要写行藏入笑林。

破阵子·为陈同甫赋壮词以寄之　（南宋）辛弃疾

醉里挑灯看剑，梦回吹角连营。八百里分麾下炙，五十弦翻塞外声。沙场秋点兵。　　马作的卢飞快，弓如霹雳弦惊。了却君王天下事，赢得生前身后名。可怜白发生！全词都是梦境，只首尾两句呼应不是梦。

（明）卓人月：搔着同甫痒处。——《古今词统》

（清）陈廷焯：字字跳掷而出，“沙场”五字，起一片秋声，沉雄悲壮，凌轹千古。——《云韶集》

又云：感激豪宕，苏辛并峙千古，然忠爱恻怛，苏胜于辛，而淋漓悲壮，顿挫盘郁，则稼轩独步千古矣。稼轩词魄力雄大，如惊雷怒涛，骇人耳目，天地巨观也，后惟迦陵有此笔力，而郁处不及。——《词则·放歌集》

（近代）梁启超：无限感慨，哀同甫亦自哀也。——《艺蘅馆词选》

踏莎行·自沔读勉，上声。地名，在今湖北汉阳。东来，丁未元日至金陵，今南京。江上感梦而作　(南宋)姜　夔

燕燕轻盈，莺莺娇软。此指情人。苏轼《张子野年八十五尚闻买妾，述古令作诗》："诗人老去莺莺在，公子归来燕燕忙。"分明又向华胥华胥指梦。《列子·黄帝》："黄帝昼寝而梦，游于华胥氏之国。"见。夜长争得薄情知？春初早被相思染。　　别后书辞，别时针线。离魂暗逐郎行远。淮南指安徽合肥。宋时属淮南路。皓月冷千山，冥冥归去无人管。唐圭璋《唐宋词简释》："此首元夕感梦之作。起言梦中见人，次言春夜思深。换头言别后之难忘，情亦深厚。书辞针线，皆伊人之情也。天涯飘荡睹物如睹其人，故曰：'离魂暗逐郎行远。'淮南二句以景结，境既凄黯，语亦挺拔。昔晁叔用谓东坡词'如王嫱、西施，净洗却面，与天下妇人斗好'，白石亦犹是也。刘融齐谓白石'在乐则琴，在花则梅，在仙则藐姑冰雪'。更可知白石之淡雅在东坡之上。"

(近代)王国维：白石之词，余所最爱者，亦仅二语。曰："淮南皓月冷千山，冥冥归去无人管。"——《人间词话》

梦　回　(南宋)翁　卷

一枕庄生梦，回来日未斜。自煎砂井水，更煮岳僧茶。宿雨消花气，惊雷长荻芽。故山沧海角，遥念在春华。

(清)纪昀：通体闲雅，五、六气韵尤高。——《瀛奎律髓汇评》

沁园春·梦孚若方孚若名信儒，系作者同乡好友。曾三次出使金国，约1222年逝世，此词是悼念亡友之作。 （南宋）刘克庄

何处相逢？登宝钗楼，楼址在陕西咸阳，汉武帝时建。访铜雀台。在今河北临漳，三国时曹操所建。唤厨人斫读卓，入声。用刀斧砍就，东溟鲸脍，圉人养马之人。圉读语，上声。呈罢，西极龙媒。骏马。天下英雄，使君与操，余子谁堪共酒杯？"天下英雄，使君与操"是曹操煮酒论英雄对刘备说的话。使君指刘备，事见《三国志》。车千乘，载燕南赵北，剑客奇才。　　饮酣画鼓如雷。谁信被，晨鸡轻唤回。叹年光过尽，功名未立，书生老去，机会方来。使李将军遇高皇帝，万户侯何足道哉！《史记·李将军传》："文帝曰：'惜乎，子（指李将军广）不遇时！如令子当高帝时，万户侯岂足道哉！'"披衣起，但凄凉感旧，慷慨生哀。

（清）陈廷焯：何等抱负。又，"书生"八字感慨真切。——《词则·放歌集》

（近代）俞陛云：人若具此健笔，胸中当磊落不平时，既泼墨倾写，亦一快事。宋人评东坡词，为以作论之笔为词，后村殆亦同之。——《唐五代两宋词选释》

鹧鸪天·宿赵州赵州在今河北省赵县。 （金）元好问

宿酒消来睡思清，梦中身世可怜生。绿衿红烛樱桃宴，画角黄云细柳营。绿衿即青衿。樱桃宴为庆贺登进士之欢宴也。细柳营用周亚夫故事，旧址在今陕西省咸阳西。　　秋历历，月胧

明。步檐倚杖候晨星。无穷宇宙无穷事,一笑山城打六更。此词与辛弃疾"醉里挑灯看剑"同一手法。

观姬人睡　(清)顾景星

玉腕明香簟,罗帷奈汝何。不知梦何事,微笑启腮窝。

秋夜梦同先慈赋诗,得天上桃花之句,觉后因足之

(清)王　慧(女)

太华峰头见上真,霞衣绰约是前身。海中若木何尝夜,天上桃花不计春。瞬息去来原是幻,片时欢笑亦相亲。钟声已碎昆明劫,好向毗伽问后因。

午　梦　(清)吴　镇

竹径凉飙入,芸窗午梦迟。偶然高枕处,便是到家时。

观邯郸剧　(清)罗有高

场下卢生太息频,世间谁是息机人。人生哀乐真

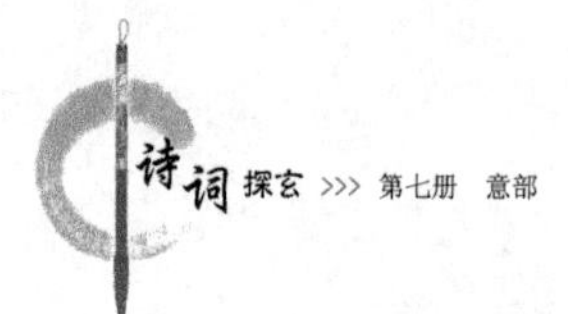

无定，好梦原来亦苦辛。

题记梦图 （清）宋翔凤

和云和月抱烟萝，记得都从梦里过。月自凄凉云自白，年来此梦也无多。

题横塘追梦图 （清）王甲荣

仙境迷离渺何处，满林香雪绕孤村。柔波十里横塘路，明月三更倩女魂。往事凄凉归碧落，暂时缱绻向黄昏。怜侬也抱微之感，欲访灵山觅梦痕。

梦　中 （清）刘光第

梦中失叫惊妻子，横海楼船战广州。广州指广州湾。抵御帝国主义入侵。五色花旗犹照眼，一灯红穗正垂头。宗臣指李鸿章等大臣。有说持边衅，寒女何心泣国仇。用《列女传》事。鲁国一女子，过时未嫁，倚柱叹息。邻妇问她是不是想嫁人。她说："吾忧鲁君老，太子幼。"邻人以为这是大夫之忧，她却说："鲁国有患，君臣父子皆被其辱，妇人独安所避乎？"自笑书生最迂阔，壮心飞到海南陬。

睡起二首　(清)朱祖谋

病入梅天信有魔,透帘风与药烟和。策勋茗椀非吾事,孤负一对春碧螺。碧螺春,名茶,产太湖洞庭山。

苍鸠赚客语连晨,草树风干不动尘。睡起南塘知有雨,野云烟篆两轮囷。

别梦三首　(清)曾习经

别来细雨闻孤馆,归去华灯烂九枝。怅望青溪神女曲,去年今日蒋王祠。

宫扇葳蕤半褪金,一篇哀丽旧伤心。他时漫灭无文字,留得情人宛转吟。

秋河别夜太凄凉,一曲伊州泪万行。愁绝五陵年少事,金鞭玉勒送王昌。

昨梦二首　(清)闵尔昌

昨梦扬州好,风花系我思。书探曹宪巷,棋覆谢安祠。明月高天下,新声属柳枝。何时集吟侣,重和冶春诗。

昨梦苏州好，园林移我情。桥边朝饮马，花外晚闻莺。玄墓春无际，沧浪水最清。吴船虾菜美，画桨待将迎。

如梦令 （近代）王国维

点滴空阶疏雨，何逊《临行与故游夜别》："夜雨滴空阶，晓灯暗离室。"温庭筠《更漏子》："梧桐树，三更雨，不道离情最苦；一叶叶，一声声，空阶滴到明。"迢递严城更鼓。睡浅梦初成，又被东风吹去。无据。无据。斜汉天将明时银河偏斜，故称斜汉。钱起《山斋独坐喜玄上人夕至》："前峰曙更好，斜汉欲西回。"垂垂欲曙。

点绛唇 （近代）王国维

万顷蓬壶，梦中昨夜扁舟去。萦回岛屿，中有舟行路。　　波上楼台，波底层层俯。何人住。断崖如锯。不见停桡处。

五、无　题

无题二首　(唐)李商隐

昨夜星辰昨夜风，画楼西畔桂堂东。身无彩凤双飞翼，心有灵犀一点通。隔座送钩《汉武故事》："钩弋夫人少时手拳，帝披其手，得一玉钩，手得展，故因为藏钩之戏，后人效之。别有酒钩，当饮者以钩引杯。"春酒暖，分曹射覆蜡灯红。嗟余听鼓应官去，走马兰台类转蓬。《通典》："御史大夫所居之署，谓之宪台。后汉以来，亦谓之兰台。王茂元辟义山为掌书记得侍御史，故用兰台事。"

(清)吴乔："昨夜星辰昨夜风，画楼西畔桂堂东"，乃是具文见意之法。起联以引起下文而虚做者，常道也；起联若实，次联反虚，是为定法。——《围炉诗话》

(清)胡以梅：此诗是席上有遇追忆之作。妙在欲言良宵佳会，独从星辰说起……凌空步虚，有绘风之妙……得三四铺云衬月，顿觉七宝放光，透出上文，身远心通，俨然相对一堂之中。五之胜情，六之胜境，皆为佳人着色。且隔座分曹，申明三之意；送钩春满，方见四之实。蜡灯红后，恨无主人烛灭留髡之会。闻鼓而起，今朝寂寞，能不重念昨夜之为良时乎？——《唐诗贯珠》

(清)屈复：一、二昨夜所会之地，三、四身虽似远，心已相通。五、六承三、四，言藏钩送酒，其如隔座；分曹射覆，惟碍烛红。及天明

而去，应官走马，无异转蓬。感目成于此夜，恐后会之难期。——《玉溪生诗意》

（清）冯舒：妙在首二句，次联衬贴，流丽圆美，"西昆"诸公一世所效，义山高处不在此。——《瀛奎律髓汇评》

（清）冯班：起二句妙。——同上

（清）纪昀：观此首末二句，实是妓席之作，不得以寓意曲解义山。"风怀"诗注家皆以寓言君臣为说，殊多穿凿。虚谷收入此类（风怀类）却是具眼。〇"通犀"乃犀病所致，此特言病耳，元人始误用为亵语。——同上

闻道阊门萼绿华，昔年相望抵天涯。岂知一夜秦楼客，偷看吴王苑内花。何焯："嘒彼小星，三五在东，自比身处卑位，不得遂其所好也。"朱彝尊云："意自可晓，不必泥秦楼吴苑等字。"

无题四首　（唐）李商隐

来是空言去绝踪，月斜楼上五更钟。梦为远别啼难唤，书被催成墨未浓。蜡照半笼金翡翠，麝熏微度绣芙蓉。刘郎已恨蓬山远，更隔蓬山一万重。

（清）赵臣瑗：只首句七字，便写尽幽期虽在，良会难成，种种情事，真有不觉其望之切而怨之深者。次句一落，不是见月而惊，乃是闻钟而叹，盖钟动则天明，而此宵竟已虚度矣。三、四放开一步，略举平日事，三写神魂恍惚，四写报问之仓皇，情真理至，不可以其媟而忽之。五、六乃缩笔重写。——《山满楼笺注唐诗七言律》

（清）屈复：一相期久别。二此时难堪。三梦犹难别。四幸通音信。五、六孤灯微音，咫尺千里。七八远而又远，无可如何矣。——《玉

溪生诗意》

飒飒东风细雨来，芙蓉塘外有轻雷。金蟾啮锁烧香入，玉虎牵丝汲井回。贾氏窥帘韩掾少，宓妃留枕魏王才。春心莫共花争发，一寸相思一寸灰。

(清)朱鹤龄：程梦星云，第二首言幕中，盖作此寂寞之叹。起二句言雷雨飘萧、秋花冷落，以兴起无聊之景。三、四言晨入暮归情况，晓则伺门扃焚香而入，晚则见辘轳汲井而归，盖终日如此也。五、六似指当时官奴而言，谓窥帘贾女，留枕宓妃，邂逅之间，亦尝相遇。七、八"春心"字、"相思"字紧接上联，然发乎情，止乎礼义，不得不自戒饬如香山所谓"少日为名多检束"者，故曰"莫发"，曰"心灰"也。——《重订李义山诗集笺注》

(清)纪昀：起二句妙有远神，不可理解而可以意喻……"贾氏窥帘"以韩椽之少，"宓妃留枕"以魏王之才，自顾生平，岂复有分及此，故曰"春心莫共花争发，一寸相思一寸灰"。此四句是一提一落也。四首皆寓言也。此作较有韵味，气体亦不堕卑琐。——《玉溪生诗说》

含情春畹晚，暂见夜阑干。楼响将登怯，帘烘欲过难。多羞钗上燕，真愧镜中鸾。归去横塘晚，华星送宝鞍。

何处哀筝随急管，樱花永巷垂杨岸。东家老女嫁不售，白日当天三月半。溧阳公主年十四，清明暖后同墙看。归来展转到五更，梁间燕子闻长叹。冯浩《玉溪生诗集笺注》云："此四章与'昨夜星辰'二首截然不同，盖恨令狐绹之不省陈情也。"〇纪昀《玉溪生诗说》云："《无题》诸作，大抵感怀托讽，祖述乎美人香草之遗，以曲传其郁结，故情深调苦，往往感人。特其格不高，时有太纤太靡之病，且数见不鲜，转成窠臼耳。……此四章纯是寓言矣。第一首三、四句太纤小，七、八句太直而尽。第三首稍有情致，三、四亦纤小，五、六变直而尽。第四首尤浅薄径露。”〇张采田《李义山诗辩正》云：“《无题》诗格，创自玉溪。且此体只能施之七律，方可宛转动情。统观全集，无所谓纤俗，浮靡者。若后人仿效玉溪，诚有如纪氏所讥‘摹拟剽贼，积为尘劫’者，然岂能真得玉溪万一耶？”

(清)何焯：此篇明白。溧阳公主，又早嫁而失所者。然则我生不辰，宁为老女乎？鸟兽犹不失伉俪，殆不如梁间之燕子也。——《李义山诗集辑评》

(清)姚培谦：前四句寓迟暮不遇之叹。“溧阳”二句，以逢时得志者相形。“归来”二句，恐知己之终无其人也。——《李义山诗集笺注》

(清)屈复：贫家之女，老犹不售；贵家之女，少小已嫁。故展转长叹，无人知者，唯燕子独闻也。——《玉溪生诗意》

(清)薛雪：永巷樱花，哀弦急管，白日当天，青春将半。老女不售，少女同墙。对比情景，其何以堪！展转不寐，直至五更，梁燕闻之，亦为长叹。此是一副不遇血泪，双手掬出，何尝是艳作？故公诗云：“楚雨含情俱有托。”早将此意明告后人。——《一瓢诗话》

锦　瑟　(唐)李商隐

锦瑟无端五十弦，一弦一柱思华年。庄生晓梦迷蝴蝶，望帝春心托杜鹃。沧海月明珠有泪，蓝田日暖玉生烟。此情可待成追忆，只是当时已惘然。叶葱奇《疏注》云：“末二句是深进一层结法，情味婉曲而深挚。”

(宋)刘攽：李商隐有《锦瑟》诗，人莫晓其意，或谓是令狐楚家青衣名也。——《中山诗话》

(宋)黄朝英：东坡云，此出《古今乐志》云“锦瑟之为器也，其弦五十，其柱如之，其声也适、怨、清、和”。案李诗，“庄生晓梦迷蝴蝶”适也；“望帝春心托杜鹃”，怨也；“沧海月明珠有泪”，清也；“蓝田日暖玉生烟”，和也。一篇之中，曲尽其意。——《湘素杂记》

(明)王世贞：中二联是丽语，作“适、怨、清、和”解甚通。然不解则涉无谓，既解则意味都尽，以此知诗之难也。——《艺苑卮言》

(明)胡应麟：锦瑟是青衣名，见唐人小说，谓义山有感作者。观此诗结句及晓梦、春心、蓝田、珠泪等，大概无题中语，但首句略用锦瑟引起耳。宋人认作咏物，以适、怨、清、和字面附会穿凿，遂令本意懵然。且至“此情可待成追忆”处，更说不通。学者试尽屏此等议论，只将题面作青衣，诗意作追忆读之，自当踊跃。——《诗薮》

(明)胡震亨：以锦瑟为真瑟者痴。以为令狐楚青衣，以为商隐壮事楚，狎绹，必绹青衣，亦痴。商隐情诗，借诗中两字为题者尽多，不独《锦瑟》。——《唐诗癸签》

(清)陆次云：义山晚唐佳手，佳莫佳于此矣。意致迷离，在可解不可解之间，于初盛诸家中得未曾有。三楚精神，笔端独得。——《五朝诗善鸣集》

(清)何焯：此悼亡诗也。首特借素女鼓五十弦之瑟而悲，帝禁不可止，发端言悲思之情有不可得而止者。次联则悲其遽化为异物。腹联又悲其不能复起之九泉也。曰“思华年”，曰“追忆”，旨趣晓然，何事纷纷附会乎？——《义门读书记》

(清)吴乔：诗意大抵出侧面。郑仲贤《送别》云“亭亭画舸系春潭，只待行人酒半酣。不管烟波与风雨，载将离恨过江南”。人自别离，却怨画舸。义山忆往事而怨锦瑟，亦然。——《围炉诗话》

(清)屈复：以“无端”吊动“思华年”。中四紧承，七“此情”紧收。“可待”字，“只是”字，遥应“无端”字。〇一，兴也。二，一篇主句。中四皆承“思华年”。七、八总结。〇诗面与“无题”同，其意或在君臣朋友间，不可知也。——《玉溪生诗意》

无题二首 （唐）李商隐

凤尾香罗薄几重，碧文圆顶夜深缝。扇裁月魄羞难掩，车走雷声语未通。曾是寂寥金烬暗，断无消息石榴红。斑骓只系垂杨岸，何处西南任好风。

（明）许学夷：商隐七言律，语虽秾丽而中多诡僻。如"狂飚不惜萝阴薄，清露偏知桂叶浓"、"落日渚宫供观阁，开年云梦送烟花"、"曾是寂寥金烬暗，断无消息石榴红"等句，最为诡僻。《冷斋夜话》云"诗至义山为文章一厄"，是也。论诗有理障、事障，予窃谓此为意障耳。——《诗源辩体》

（清）何焯：腹联以香消花尽为对。——《李义山诗集辑评》

（清）胡以梅：此诗是遇合不谐，皆寓怨之微意。——《唐诗贯珠》

（清）姚培谦：此咏所思之人，可思而不可见也。——《李义山诗集笺注》

（清）屈复：详"车走"句，则一、二乃车帷也。三言仅能睹面，四言未能交语也。五、六言夜深灯烬，消息难通，七、八言安得好风吹汝来也。——《玉溪生诗意》

重帏深下莫愁堂，卧后清宵细细长。神女生涯原是梦，小姑居处本无郎。风波不信菱枝弱，月露谁教桂叶香。直道相思了无益，未妨惆怅是清狂。张采田《李义山诗辩证》："通篇反复自伤，不作一决绝语，直一字一泪之诗也。"○《李义山诗偶评》云："义山诸无题，以此二首最得风人之旨。察其词，纯托之于守礼而不佻之处子，与杜陵所谓空谷佳人，殆均不愧幽贞。而解者多以为有思而不得之词，失之甚矣。"

（清）黄周星：义山最工为情语。所谓"情之所钟，正在我辈"，非义

山其谁归？——《唐诗快》

(清)胡以梅：此以莫愁比所思之人也。——《唐诗贯珠》

(清)何焯：义山无题数诗，不过自伤不逢，无聊怨题，此篇乃直露本意。——《李义山诗集辑评》

(清)陆昆曾：此篇言相思无益，不若且置，而自适其啸志歌怀之得也。——《李义山诗解》

(清)姚培谦：此义山自言其作诗之旨也。重帷自锁，清宵自长，所谓神女小姑，即《楚辞》“望美人兮南浦”之意，非果有其人也。——《李义山诗集笺注》

(清)屈复：“梦”字承秋宵，“居处”承莫愁堂，“月露”承神女梦，“相思”总结上六句，“惆怅”、“轻狂”申说七句也。——《玉溪生诗意》

(清)叶矫然：“直道相思了无益，未妨惆怅是清狂”，“平明钟后更无事，笑倚墙边梅树花”，“若是晓珠明又定，一生长对水晶盘”，觉欲界缠人，过后嚼蜡，即色即空之义也。——《龙性唐诗话初集》

(清)冯浩：此种真沉沦悲愤，一字一泪之篇，乃不解者引入歧途，粗解者未披重雾，可慨久矣。——《玉溪生诗集笺注》

无　题　(唐)李商隐

相见时难别亦难，东风无力百花残。春蚕到死丝方尽，蜡炬成灰泪始干。晓镜但愁云鬓改，夜吟应觉月光寒。蓬山此去无多路，青鸟殷勤为探看。

(清)冯舒：第二句毕世接不出。次联犹之“彩凤”、“灵犀”之句，入妙未入神。——《瀛奎律髓汇评》

(清)冯班：妙在首联。三、四亦杨、刘语耳。——同上

(清)查慎行：三、四摹写“别亦难”，是何等风韵？——同上

(清)何焯：“东风无力”，上无明主也。“百花残”已且老至也。落句

具屈子《远游》之思乎？——同上

（清）纪昀：三、四究非雅语。——同上

（清）屈复：三四进一步法。结用转笔有力。——《玉溪生诗意》

（清）程梦星：此诗似邂逅有力者，望其援引入朝，故不便明言，而属之无题也。起句言缱绻多情，次句言流光易去，三、四言心情难以于仕进，五、六言颜状亦觉其可怜，七、八望其为王母青禽，庶得入蓬山之路也。——《重订李义山诗集笺注》

无　题　　（唐）李商隐

照梁初有情，何逊诗："雾夕莲出水，霞朝日照梁。"出水旧知名。裙衩芙蓉小，《楚辞》："集芙蓉以为裳。"钗茸翡翠轻。宋玉赋："以其翡翠之钗挂臣冠缨。"锦长书郑重，眉细恨分明。莫道弹棋局，中心最不平。《古今诗话》："弹棋局方五尺，中心高为盖，其颠为小壶，四角微起。"

（明）钟惺：幽细婉娈（"眉细"句下）。——《唐诗归》

（清）王夫之：一气不忤。〇艳诗不炼则入填词。西昆之异于《花间》，其际甚大。——《唐诗评选》

（清）陆次云：艳情古思。——《五朝诗善鸣集》

（清）屈复：以分明抱恨之人，而近中心不平之局，则恨愈深矣，故云"莫近"也。——《玉溪生诗意》

（清）冯浩：此寄内诗。盖初婚后，应鸿博不中选，闺中人为之不平，有书寄慰也。绝非他篇之比。——《玉溪生诗集笺注》

无　题　(唐)李商隐

白道李白诗:"日日采蘼芜,上山成白道。"王琦注曰:"人行迹多,草不能生,遥望白色,故曰白道。唐诗多用之。"萦回入暮霞,斑骓嘶断七香车。春风自共何人笑,枉破阳城十万家。纪昀:"怨语以唱叹出之,必露怨怅之态。"

当句有对　(唐)李商隐

密迩平阳接上兰,上兰,观名,在上林中。徐陵诗:"欲知迷下蔡,先将过上兰。"秦楼鸳瓦梁昭明太子诗:"日丽鸳鸯瓦。"汉宫盘。池光不定花光乱,日气初涵露气干。但觉游蜂饶舞蝶,岂知孤凤忆离鸾。梁元帝《琴曲纂要》:西汉时有庆安世者为成帝侍郎,善为双凤离鸾之曲。三星《诗经》:"三星在天。"自转三山远,紫府程遥碧落宽。

促　漏　(唐)李商隐

促漏遥钟动静闻,报章重叠杳难分。舞鸾镜匣收残黛,睡鸭香炉换夕熏。归去定知还向月,梦来何处更为云。南塘渐暖蒲堪结,李贺诗:"官街柳带不堪折,早晚菖蒲胜绾结。"两两鸳鸯护水纹。此诗言纵如姮娥入月,终是独居,神女为云,徒成幻梦,岂若南塘之鸟,长聚不离哉。

一　片　　(唐)李商隐

一片非烟非雾非烟,五色细缊。谓之庆云。隔九枝,九枝灯也。蓬莱仙仗俨云旗。天泉水暖龙吟细,露畹春多凤舞迟。三、四两句言歌舞之久。榆荚散来星斗转,桂花寻去月轮移。此二句言光阴之速。人间桑海朝朝变,莫遣佳期更后期。结两句宜及时行乐也。

相　思　　(唐)李商隐

相思树上合欢枝,紫凤青鸾共羽仪。肠断秦楼吹管客,日西春尽到来迟。

人　欲　　(唐)李商隐

人欲天从竟不疑,《尚书·泰誓》:"民之所欲,天必从之。"莫言圆盖圆盖指天。便无私。秦中久已乌头白,燕太子丹质于秦,欲归。秦王曰:"令乌头白,马生角乃可。"却是君王未备备,尽也。《后汉书·班超传》:"臣前与官属三十六人奉使绝域,备遭艰危。"知。叶葱奇《疏注》云:这首诗似乎是为文宗李昂受制于宦官仇士良而发,措辞非常愤激,非常沉痛。……"久已乌头白"是说天意人心早已很同情他,而他本人还一点不知道哩!(其事见《新唐书·仇士良传》)

无　题　(唐)李商隐

万里风波一叶舟,忆归初罢更夷犹。犹豫也。《楚辞·九歌·湘君》:"君不行兮夷犹。"碧江地没元相引,"没"字疑有误。黄鹤沙边亦少留。益德冤魂终报主,"冤魂报主"事出魏晋人传记,已佚。阿童王濬小字阿童。高义镇横秋。人生岂得长无谓,怀古思乡共白头。纪昀:全篇从"更夷犹"三字生出,前四句低回徐引,五、六振起,七、八以曼声收之,绝好笔意。○叶葱奇按:结语"怀古"收缴腹联,"思乡"收缴前半,神完气密。

谢先辈防记念拙诗甚多,异日偶有此寄　(唐)李商隐

晓用云添句,寒将雪命篇。良辰多自感,作者岂皆然。熟寝初同鹤,含嘶欲并蝉。褚云《蝉》诗:"天寒响屡嘶。"题时长不展,得处定应偏。南浦《楚辞》:"送美人兮南浦。"无穷树,西楼鲍照诗:"始出西南楼。"不住烟。改成人寂寂,寄与路绵绵。星势寒垂地,河声晓上天。夫君《楚辞》:"望夫君兮归来。"自有恨,聊借此中传。何焯:"无题本旨,全在此诗传出,细读自见,结语更分明。"

无　题　(北宋)钱惟演

误语成疑意已伤,一句话说错了,引起猜疑,伤到感情。春山眉也。《西京杂记》:"卓文君眉色如远山,脸际常若芙蓉。"低敛翠眉长。含

愁佳人楚楚可怜的神态。**鄂君绣被**鄂君名子皙，春秋楚王母弟。《说苑》："鄂君泛舟中流，摇浆越女歌曰：'今夕何夕兮，泛舟中流，今日何日兮，得与王子同舟。……山有木兮木有枝，心悦君兮君不知。'于是鄂君以绣被覆之。"**朝犹掩**，犹掩着，没动。**荀令**三国时荀彧系美男子，其坐处三日犹香。**薰炉冷自香。有恨岂因燕凤去**，汉成帝皇后赵飞燕与宫奴赤凤相通，见《汉书》。**无言宁为息侯亡**。息侯夫人息妫被楚王夺去后，终身不与楚王说话。事见《左传》。**合欢不验丁香结**，合欢与丁香都是花名。丁香花蕾解不开，如解不开的愁。**只得凄凉对烛房**。似蜡烛样的流泪。北宋初，作者与杨亿、刘筠等十七人，诗风都学晚唐诗人李商隐，共出一书，名《西昆酬唱集》，其特点是好用典故，搬故实。后人遂名之为"西昆派"，对当时诗坛影响很大。

无　题　　（北宋）晏　殊

油壁香车不再逢，峡云无迹任西东。梨花院落溶溶月，柳絮池塘淡淡风。几日寂寥伤酒后，一番萧瑟禁烟中。鱼书欲寄何由达，水远山长处处同。

无　题　　（金）元好问

春风也解惜多才，嫁与桃花不用媒。死恨天台老刘阮，人间何恋却归来。

无　题原注：丁丑间同何仲默(景明)、张愈光(含)、陶良伯作，追录于此。

(明)杨 慎

石头城畔莫愁家，十五纤腰学浣纱。堂下石榴堪系马，门前杨柳可藏鸦。景阳妆罢金星出，子夜歌残璧月斜。肯信紫台玄朔夜，玉颜珠泪泣琵琶。丁丑岁为明武宗正德十二年(1517)。此年正史及野史都有正德皇帝朱厚照微服出行，宿娼行乐的记载。

无题八首和徐懒云(录一首)　(清)黄 任

斑斑哀怨至今存，湘管湘帘总泪痕。一世秋兰忆公子，频年春草送王孙。文章丽则能防礼，梦寐荒唐亦感恩。但得一朝金屋住，不劳词客赋长门。丘炜萲《五百石洞天挥麈》："黄莘田先生'一世秋兰忆公子，频年春草送王孙'二语，包含无尽，极缠绵，极蕴藉。在无题诗中，端推此种为上乘。"

无题四首　(清)杭世骏

秋千嬉过尚轻寒，人在春前感百端。碧海青天两迢递，紫檀红拨动汍澜。剧怜瑞雪搓还暖，嗔道曾波画却难。小擘花笺续长恨，兰膏风削夜漫漫。

恐与仙人别有缘，一丸飞雪驻华年。月娥只解偷灵药，天帝何曾惜聘钱？六百画鸾招不得，十三筝雁恨空传。杨花漂泊桃花簿，恼杀东风故放颠。

花丛几日锁春温，独院迢迢宝镜昏。白舫青灯桃叶渡，翠云红雨木瓜墩。金虫耀日分尘影，银烛无风减泪痕。小别不须歌宛转，商声哀艳易销魂。

芙蓉宝帐浥芬芳，内视丰肌却有方。细草泊烟飞蛱蝶，野塘如画著鸳鸯。双行缠复承云袜，九子钗横却月梁。莫怪重笼阻消息，不闻弦索总闻香。

（四）情感

一、自嘲　咏怀

述　怀　（唐）魏　徵

中原初逐鹿，投笔事戎轩。纵横计不就，慷慨志犹存。杖策谒天子，驱马出关门。请缨系南粤，凭轼下东藩。郁纡陟高岫，出没望平原。古木鸣寒鸟，空山啼夜猿。既伤千里目，还惊九折魂。岂不惮艰险？深怀国士恩。季布无二诺，侯嬴重一言。人生感意气，功名谁复论。

（明）叶羲昂：此已具盛唐之骨，离却陈隋滞靡，想见其人。“出没”二字，深得远望之神。——《唐诗直解》

（明）陆时雍：挺挺有烈士风。“古木鸣寒鸟，空山啼夜猿”，是初唐一等格力。——《唐诗镜》

（明）周敬等：高华秀丽，远驾六朝，真似朱霞半天。——《唐诗选脉会通评林》

（清）徐增：此唐发始一篇古诗，笔力遒劲，词采英毅，领袖一代诗人。须看其步趋古人不苟处。共二十句，却是五解。今人每恃才逞学，一笔扫将去，无论不如古人，则气亦易竭。谙乎解数，则下笔自有分寸，便得造古人地位矣。——《而庵说唐诗》

（清）沈德潜：气骨高古，变从前纤靡之习。盛唐风格，发源于此。——《唐诗别裁集》

题辋川图 （唐）王 维

老来懒赋诗，惟有老相随。宿世谬词客，前身应画师。不能舍余习，偶被世人知。名字本习离，此心还不知。

自 解 （唐）白居易

房传往世为禅客，自注：世传房太尉前生为禅僧，与娄师德友善，慕其为人，故今生有娄之遗风也。王道生前应画师。自注：王右丞诗云"宿世是词客，前身应画师"。我亦定中观宿命，多生债负是歌诗。不然何故狂吟咏，病后多于未病时。

端居咏怀 （唐）白居易

贾生俟罪心相似，张翰思归事不如。斜日早知惊鹏鸟，秋风悔不忆鲈鱼。胸襟曾贮匡时策，怀袖犹残谏猎书。从此万缘都摆落，欲携妻子买山居。

咏怀二首　（唐）李　贺

长卿怀茂陵，绿草垂石井。弹琴看文卓，春风吹鬓影。梁王与武帝，弃之如断梗。惟留一简书，金泥泰山顶。

（清）黎简：此长吉以长卿自况。“草垂石井”寂寞兮。三句于寂寞中写出长卿极得意处，真千古佳话也。“春风鬓影”在远山芙蓉外，看出无形佳丽，细静至此，非我长吉先生，谁能道得？——《李长吉集》

（清）周咏棠：风流绝世（“弹琴”二句下）。——《唐贤小三昧集》

（清）方世举：写相如无聊本事，却暗用信陵晚节饮酒近妇人神理（“弹琴”二句下）。〇此句才说相如身后。后四句感慨生不逢时，惟有死待求书而已（末二句下）。——《李长吉诗集批注》

（清）余成教：杜牧序李贺诗云“鲸呿鳌掷，牛鬼蛇神，不足为其虚荒诞幻也。盖《骚》之苗裔，理虽不及，辞或过之”。……然长吉之“弹琴看文君，春风吹鬓影”，“买丝绣作平原君，有酒唯浇赵州土”，“衰兰送客咸阳道，天若有情天亦老”，“二十八宿罗心胸，元精耿耿贯当中。殿前作赋声摩空，笔补造化天无功”，辞之所至，理亦赴之，但不能篇篇理到耳。——《石园诗话》

日夕著书罢，惊霜落素丝。镜中聊自笑，讵是南山期。头上无幅巾，苦蘗已染衣。不见清溪鱼，饮水得相宜。随意自适，得如清溪之鱼，从容饮水，乃得相宜也。

自　贻　（唐）杜　牧

杜陵萧次君，冯集梧注：《汉书·萧望之传》，望之，东海兰陵人也，徙杜陵。子育，字次君。为人严猛尚威，居官数免，乃迁。迁少去官频。寂寞怜吾道，依稀似古人。饰心无彩缋，缋读绘，去声。冯注："《法言》，吾未见好斧藻其德，若斧藻其楶者欤！"到骨是风尘。自嫌如匹素，刀尺不由身！冯注："《晋书·李含传》，乞朝廷以时博议，无令腾得妄弄刀尺。"

自　遣　（唐）杜　牧

四十已云老，况逢忧窘余。且抽持板手，板手，简也，又名手板。却展小年书。《庄子》："小年不及大年。"嗜酒狂嫌阮，知非晚笑蘧。《淮南子》："蘧伯玉行年五十而知四十九年之非。"闻流宁叹吒，《礼记》："闻流言而不信。"待俗不亲疏。遇事知裁剪，操心识卷舒。还称二千石，于我意何如？

自　遣　（唐）李群玉

反覆升沉百岁中，前途一半已成空。浮生暂寄梦中梦，世事如闻风里风。修竹万竿资阒寂，阒读曲，入声。阒寂，幽静也。古书千卷要穷通。一壶浊酒暄和景，谁会陶然失马翁。

自　贶　（唐）李商隐

陶令弃官后，仰眠书屋中。谁将五斗米，拟换北窗风。

咏怀寄秘阁旧僚义山曾为秘书省校书,故有旧僚。二十六韵

(清)李商隐

年鬓日堪悲,衡茅益自嗤。攻文枯若木,处世钝如锤。敢忘垂堂戒,宁将暗室欺。悬头曾苦学,《楚国先贤传》:"孙敬在太学,编柳为简以写经,睡则悬头于梁。"折臂反成医。仆御嫌夫懦,孩童笑叔痴。小男方嗜栗,陶潜责子诗:"通子垂九龄,但觅梨与栗。"幼女漫忧葵。忧葵见《列女传》。遇炙谁先啖,逢齑即便吹。官衔同画饼,《魏志》:"名士如画地饼,不可食也。"面貌乏凝脂。《世说新语》:"王右军见杜弘治叹曰:面如凝脂,眼如点漆,此神仙中人也。"典籍将蠡测,文章若管窥。图形方类狗,入梦肯非罴。自哂成书簏,《晋书》:"卿读书虽多而无所解,可谓书簏矣。"终当咒酒卮。懒沾襟上血,羞镊镜中丝。橐籥言方喻,樗蒲齿讵知。《葛洪传》:"洪少好读书,至不知棋局几道,樗蒲几齿。"事神徒惕虑,佞佛愧虚辞。曲艺垂麟角,《北史·文苑传》:"学者如牛毛,成者如麟角。"浮名状虎皮。乘轩宁见宠,巢幕更逢危。礼俗拘嵇喜,《晋书·阮籍传》:"籍见礼俗之士,以白眼对之,嵇喜来以白眼,喜不怿而退。"侯王忻戴逵。途穷方结舌,静胜但搘颐。粝食空弹剑,亨衢讵置锥。柏台成口号,芸阁暂肩随。悔逐迁莺伴,谁观择虱时。《晋书》:"王导在扬州辟顾和为从事,月旦当朝,停车门外,周顗见之,和方择虱,夷然不动。"瓮间眠太率,《晋书》:"毕卓盗酒,醉卧瓮间。"床下隐何卑。奋迹登弘阁,摧心对董帷。《汉书》:"董仲舒为博士,下帷讲诵,弟子转相受业,莫见其

面。”校雠如有暇，松竹一相思。

自遣诗三十首 （唐）陆龟蒙

五年重别旧山村，树有交柯犊有孙。更感卞峰颜色好，晓云才散便当门。

雪下孤村淅淅鸣，病魂无睡洒来清。心摇只待东窗晓，长愧寒鸡第一声。

多情多感自难忘，只有风流共古长。座上不遗金带枕，陈王词赋为谁伤。

甫里先生未白头，酒旗犹可战高楼。长鲸好鲙无因得，乞取艅艎作钓舟。

花濑蒙蒙紫气昏，水边山曲更深村。终须拣取幽栖处，老桧成双便作门。

阴洞曾为采药行，冷云凝绝烛微明。玉芝敲折琤然堕，合有真人上姓名。

长叹人间发亦华，暗将心事许烟霞。病来前约分明在，药鼎书囊便是家。

醞得秋泉似玉容，比于云液更应浓。思量北海徐刘辈，枉向人间号酒龙。

羊侃读款，上声。多应自古豪，解盘金𥳑置纤腰。纵然此事教双得，不博溪田二顷苗。

偶然携稚看微波，临水春寒一倍多。便使笔精如逸少，懒能书字换群鹅。

昔闻庄叟迢迢梦，又道韩生苒苒飞。知有姓名聊寄问，更无言语抱斜晖。

雪侵春事太无端，舞急微还近腊寒。应是也疑真宰怪，休时犹未遍林峦。

数尺游丝堕碧空，年年长是惹东风。争知天上无人住，亦有春愁鹤发翁。

谁使寒鸦意绪娇，云情山晚动情憀。乱和残照纷纷舞，应索阳乌次第饶。

古往天高事渺茫，争知灵媛不凄凉。月娥如有相思泪，只待方诸寄两行。

本来云外寄闲身，遂与溪云作主人。一夜逆风愁四散，晓来零落傍衣巾。

渊明不待公田熟，乘兴先秋解印归。我为余粮春未去，到头谁是复谁非。

云拥根株抱石危，斫来文似瘦蛟螭。幽人带病慵朝起，只向春山尽日欹。

月淡花闲夜已深，宋家微咏若遗音。重思万古无人赏，露湿清香独满襟。

南岸春田手自农，往来横截半江风。有时不耐轻桡兴，暂欲蓬山访洛公。

贤达垂竿小隐中，我来真作捕鱼翁。前溪一夜春流急，已学严滩下钓筒。

水国君王又姓萧，风情由是冠南朝。灵和殿下巴江柳，十二旒前舞翠条。

强梳蓬鬓整斜冠，片烛光微夜思阑。天意最饶惆怅事，单栖分付与春寒。

无多药圃近南荣，合有新苗次第生。稚子不知名品上，恐随春草斗输赢。

一派溪随箬下流，春来无处不汀洲。漪澜未碧蒲犹短，不见鸳鸯正自由。

山下花明水上曛，一桡青翰破霞文。越人但爱风流客，绣被何须属鄂君。

妍华须是占时生，准拟差肩不近情。佳丽几时腰不细，荆王辛苦致宫名。

姹女精神似月孤，敢将容易入洪炉。人间纵道铅华少，蝶翅新篁未有无。

贞白求丹变姓名，主恩潜助亦无成。侯家竟换梁天子，王整徒劳作外兵。

春雨能膏草木肥，就中林野碧含滋。惟余病客相逢背，一夜寒声减四肢。自序云：自遣者，震泽别业之所作也。故疾未平，厌厌卧田舍中，农夫日以耒耜事相聒。每至夜分不睡，则百端兴怀，搅人思虑，纷乱无绪。且诗者持也，谓持其情性，使不暴去。因作四句诗，累至三十绝，绝各有意。既曰自遣，亦何必题为。

自　遣　（唐）罗　邺

四十年来诗酒徒，一生缘兴滞江湖。不愁世上无人识，惟怕村中没酒沽。春巷摘桑喧姹女，江船吹笛舞蛮奴。焚鱼酌醴醉尧代，吟向席门聊自娱。

书　怀　（唐）吴　融

傍岩依树结檐楹，夏物萧疏景更清。滩响忽高何处雨，松阴自转远山晴。见多邻犬遥相认，来惯幽禽近不惊。争得便夸饶胜事，九衢尘里免劳生。

（宋）范晞文：吴融"见多邻犬遥相认，来惯幽禽近不惊"，与雍陶"初归山犬翻惊主，久别江鸥却避人"之句同。——《对床夜语》

（清）纪昀：三、四自好。六句自然，胜五句。结太直遂。——《瀛奎律髓汇评》

（清）无名氏（乙）：次联句高迥出尘。"远山"二字善本作"一峰"，对既跳脱，势更峻绝。——同上

点绛唇·感兴　（北宋）王禹偁

雨恨云愁，江南依旧称佳丽。谢朓《入朝曲》："江南佳丽地，金陵帝王州。"水村渔市。一缕孤烟细。　天际征鸿，遥认行如缀。缀读赘，去声。连缀，一个跟一个。平生事。此时凝睇。谁会凭栏意。在古人的心目中，征鸿曾引起各样的联想。扬雄《法

言》“鸿飞冥冥，弋人何篡焉”是指隐居可以避祸。齐桓公见征鸿而叹曰：“彼鸿有时而南，有时而北，四方无定，所欲至而至焉，惟有羽翼之故。”(见《管子》)是欲求得贤臣而成其霸业。作者中了进士后，只当了个长洲知县，小小的芝麻官，他的“平生事”，不能像“征鸿”似的展翅高翔。

(清)王奕清：王元之有《小畜集》，其《点绛唇》词“水村渔市，一缕孤烟细”之句，清丽可爱，岂止以诗擅名。——《历代词话》

(清)先著、程洪：“缀”字是古人拙处。——《词洁辑评》

望海潮　(北宋)秦　观

梅英疏淡，冰澌解冻时流动的冰。溶泄，东风暗换年华。金谷园名。旧址在今洛阳市西北，西晋石崇所筑。俊游，快意的游赏。铜驼街名，在西晋都城洛阳皇宫之前。巷陌，新晴细履平沙。长忆误随车。正絮翻蝶舞，芳思交加。柳下桃蹊，乱分春色到人家。　　西园宋英宗之婿驸马都尉王诜之花园，元祐二年(1087)五月，苏轼、秦观等十六人曾宴集于此，李伯时绘图志其事。夜饮鸣笳。有华灯碍月，飞盖“盖”车盖。飞盖，指疾行的车辆。妨花。兰苑园林的美称，指西园。未空，行人指参加宴集的人。渐老，重来是事堪嗟。烟暝酒旗斜。但倚楼极目，时见栖鸦。无奈归心，暗随流水到天涯。此词写重游西园的一番感慨。时间如流水，一去不回。西园景物依旧，物是人非。昔日宴之人，皆饱经挫折，流落天涯，以往日之乐反衬今日之悲，感慨万千。

(明)李攀龙：借桃花缀梅花，风光百媚。停杯骋望，有无限归思隐约言先。〇梅英吐、年华说到春色乱分处，兼以华灯、飞盖、酒旗，一寓目尽是旅客增怨，安得不归思如流耶？——《草堂诗余隽》

(清)周济：两两相形，以整见劲，以两“到”字作眼，点出“换”字精神。——《宋四家词选》

(清)谭献：(“长记”句)顿宕。(“柳下桃蹊”二句)旋断仍连，(后遍)陈隋小赋缩本。填词家不以唐人为止境也。——《谭评词辨》

(清)陈廷焯：少游词最深厚、最沉着，如“柳下桃蹊，乱分春色到人家”，思路幽绝，其妙令人不可思议。较“郴江幸自绕郴山，为谁流下潇湘去”之语，尤为入妙。世人动訾秦七，真所谓井蛙谤海也。——《白雨斋词话》

南歌子　(北宋)贺 铸

疏雨池塘见，微风襟袖知。阴阴夏木啭黄鹂。何处飞来白鹭、立移时。　易醉扶头酒，易醉之酒称扶头酒。难逢敌手棋。日长偏与睡相宜。睡起芭蕉叶上、自题诗。

(近代)俞陛云：此首“白鹭”句写意，“芭蕉”句写情，皆有闲适之致，淡而弥永。——《唐五代两宋词选释》

放　怀　(北宋)陈师道

施食乌鸢喜，持经鸟雀听。杖藜矜矍铄，顾影怪伶俜。门静行随月，窗虚卧见星。拥衾眠未稳，艰阻饱曾经。

(元)方回：选众诗而以后山居其中，犹野鹤之在鸡群也。前六句

极其工，后二句不知宿于何寺，乃有逆旅漂泊之意。诗人穷则多苦思。——《瀛奎律髓汇评》

(清)纪昀：后山风格本高，惟沾染"江西"习气，有粗硬太甚处耳。○语语峭健。○三句直接，"杖藜"云云，乃后山自谓，非指寺僧，评误。——同上

(清)冯舒：此亦自好。——同上

(清)冯班：造物不完，句句断续。——同上

(清)许印芳："经"字复，但义不同耳。——同上

次韵春怀　(北宋)陈师道

老形已具臂膝痛，春事无多樱笋来。败絮不温生虮虱，大杯覆酒着尘埃。衰年此日仍为客，旧国当时只废台。河岭尚堪供极目，少年为句未须哀。

(元)方回：后山诗瘦铁屈蟠，海底珊瑚枝，不足以喻其深劲。"老形已具臂膝痛"，身欲老也。"春事无多樱笋来"，春欲尽也。前辈诗中千百人，无后山此二句。以一句情对一句景，轻重彼我，沉着深郁，中有无穷之味，是为变体。至如"虮虱"、"尘埃"一联，所用字有前例，亦佳。——《瀛奎律髓汇评》

(清)纪昀：起二句殊有别味，四句野甚。——同上

放　慵

疏懒也。白居易《戏赠萧处士清禅师》诗："又有放慵巴郡守，一营一事共腾腾。"　(南宋)陈与义

暖日薰杨柳，浓春醉海棠。放慵真有味，应俗苦相妨。官拙从人笑，交疏得自藏。云移稳扶杖，燕坐

独焚香。

(元)方回：此公气魄尤大。起句十字，朱文公击节，谓“薰”字、“醉”字下得妙。又何必专事晚唐。——《瀛奎律髓汇评》

(清)冯舒：此亦未见胜晚唐。想方公之意，毕竟是疏梅、瘦竹为雅淡有味，一说杨柳、海棠便谓浓丽，岂不可笑。——同上

(清)查慎行：“薰”、“醉”二字固妙，然非“暖”字、“浓”字，则此二字亦不得力。——同上

(清)纪昀：二字诚佳，然以诋晚唐则不然，然正晚唐字法也。——同上

(清)许印芳：驳语的当。——同上

次韵尹潜感怀　(南宋)陈与义

胡儿又看绕淮春，叹息犹为国有人。可使翠华周寓县，寓读宇，上声。寓县犹天下。谢朓《和伏武昌登孙权故城》诗：“圣朝缺中壤，霸功兴寓县。”谁持白羽静风尘。五年天地无穷事，万里江湖见在身。共说金陵龙虎气，放臣迷路感烟津。

(元)方回：周尹潜诗亦学老杜，此诗壮哉，乃思陵即位之五年，绍兴元年也。——《瀛奎律髓汇评》

(清)冯班：“白”字若作“羽”字更胜。——同上

(清)纪昀：次句缩一“乎”字，宋人有此句法。五、六警动。——同上

小饮梅花下作　(南宋)陆　游

脱巾莫叹发成丝，六十年间万首诗。原注：予自十七八学诗，今六十年，得万篇。排日即逐日，每一。醉过梅落后，通宵吟到雪残时。偶容后死宁非幸，自乞归耕已恨迟。青史满前闲即读，几人为我作蓍龟。

(元)方回：第二句举世无对。——《瀛奎律髓汇评》

(清)纪昀：白体。〇次句云云，此正放翁之病。盖太多，则不能尽有深意，而流连光景之词，不能一一简择。肤浅草率之篇亦传，令人有披沙拣金之叹。所以品格终在第二流中。——同上

满江红　(南宋)辛弃疾

老子当年，饱经惯、花期酒约。行乐处，轻裘缓带，绣鞍金络。明月楼台箫鼓夜，梨花院落秋千索。共何人、对饮五三钟？颜如玉。　嗟往事，空萧索。怀新恨，又飘泊。但年来何待，许多幽独。海水连天凝望远，山风吹雨征衫薄。向此际、羸马独骎骎，情怀恶。

满江红·夜雨凉甚，忽动从戎之兴　(南宋)刘克庄

金甲雕戈，记当日、辕门初立。磨盾鼻、谓在军中作檄

文。语出《资治通鉴·梁武帝太清元年》。一挥千纸，龙蛇犹湿。铁马晓嘶营壁冷，楼船夜渡风涛急。有谁怜、猿臂故将军，故将军指汉将军李广。无功级。　　平戎策，从军什。零落尽，慵收拾。把《茶经》《香传》，《茶经》，陆羽撰。香传指《天香传》，丁谓撰。见《宋史·艺文志》。时时温习。生怕客谈榆塞事，且教儿诵《花间集》。唐五代词。叹臣之壮也，不如人，今何及。末二句见《左传·僖公三十年》烛之武对郑文公说的原话。

(近代)俞陛云：后村在淳祐间，邀文名久著，史学尤精，受宸赏，负一时人望。所撰《别调》一卷，杨升庵谓其"壮语足以立懦"。此词上阕言功成不赏，下阕言老厌言兵，琱戈、铁马，曾夸射虎之英雄；《香传》、《茶经》，愿作骑驴之居士，应笑拔剑斫地者，未消块垒也。——《唐五代两宋词选释》

朝中措　(金)完颜璹

襄阳古道灞陵桥。诗兴与秋高。千古风流人物，一时多少雄豪。　　霜清玉塞，玉门关。云飞陇首，泛指陇山一带地区。风落江皋。江岸，江边地称江皋。《楚辞》："朝驰余马兮江皋。"梦到凤凰台上，凤凰台在今南京凤凰山上。相传南朝刘宋元嘉年间，有凤凰来此山上，乃筑台。山围故国周遭。刘禹锡诗："山围故国周遭在，潮打空城寂寞回。"此词有盛衰兴亡之感。

临江仙·自洛阳往孟津道中作　(金)元好问

今古北邙山下路，北邙山在洛阳城北，过山即是孟津。黄尘老尽英雄。人生长恨水长东。幽怀共谁语？远目送归鸿。　　盖世功名将底用？从前错怨天公。浩歌一曲酒千钟。男儿行处是，未要论穷通。盖世二句，语颇曲折：一，英雄不得志，乃天公不作美；二，即使得志，又将如何？

谒金门·漕司西斋漕司是管征收税赋的衙门。　(金)元好问

罗衾薄。帘外五更风恶。醉后题诗浑忘却。乌啼残月落。　　憔悴何郎东阁。何郎，何逊也。杜甫诗："东阁官梅动诗兴，还如何逊在扬州。"宿酒不禁重酌。袖里梅花春一握。幽怀无处托。李翱有《幽怀赋》。

鹊桥仙　(元)刘　因

悠悠万古，茫茫天宇，自笑平生豪举。元龙尽意卧床高，用三国陈登事，见《三国志·张邈传》。浑占得、乾坤几许？

公家租赋，私家鸡黍，学种东皋烟雨。有时抱膝看青山，却不是、高吟梁甫。用三国诸葛亮事。《三国志·诸葛亮传》："亮躬耕陇亩，好为《梁公吟》。"《魏略》："(亮)每晨夜从容常抱膝长啸。"

水龙吟　(明)刘　基

鸡鸣风雨潇潇，侧身天地无刘表。刘表字景升，官荆州刺史。当时中原战乱，荆州较为安宁，故士民多归之。见《后汉书》及《三国志》。啼

鹃迸泪，落花飘恨，断魂飞绕。月暗云霄，星沉烟水，角声清袅。问登楼王粲，王粲三国时人，曾依刘表。作有《登楼赋》。镜中白发，今宵又添多少？　　极目乡关何处？渺青山、髻螺低小。几回好梦，随风归去，被渠被他，此指山。遮了。宝瑟弦僵，玉笙指冷，冥鸿天杪。但侵阶莎草，满庭绿树，不知昏晓。按：《魏志・王粲传》“（王粲曾往）荆州依刘表。表以粲貌寝而体弱，不甚重也”。

感　怀　（明）文徵明

五十年来麋鹿踪，若为老去入樊笼！五湖春梦扁舟雨，万里秋风两鬓蓬。远志出山成小草，神鱼失水困沙虫。白头漫赴公车召，不满东方一笑中。东方朔初入长安时，以公车上书自荐，才得待诏金马门。按：文徵明书画诗词，才艺双绝，但参加九次乡试，未能中举。直到嘉靖二年（1523）五十四岁时，始以诸生岁贡入京，用尚书李充嗣荐，授翰院待诏。故曰“若为老去入樊笼”也。

岁暮杂怀　（清）钱谦益

卒岁闲门有雀罗，流年徂谢意如何？看花伴侣青春少，种菜英雄白首多。佩剑定须悬旧陇，明珠只合换新歌。剧怜渭水垂纶叟，未应非熊鬓已皤。

病　怀　（清）李世熊

薄云片片过溪楼，门掩残灯照独愁。南海寄书求益智，北堂无地种忘忧。藤枝刺月风帘细，竹蒨流光露叶稠。白草黄沙千万里，看人屠狗尽封侯。

写　怀　(清)胡承诺

坐以下为荣，巾因垫遂折。吁嗟一世人，尽为高名茶。茶读聂，入声，困乏、疲惫。少年多脂辖，老至守涸辙。论事见掎夺，行文遭讥切。鹢退宋都风，羊出鲁井穴。惧触不急法，遂扪知士舌。猗与鹤上仙，涤荡起鞶裂。液化五体金，茅覆三冬雪。

自　叹　(清)吴伟业

误尽平生是一官，弃家容易变名难。松筠敢厌风霜苦，鱼鸟犹思天地宽。鼓枻有心逃甫里，甫里，地名。在今江苏吴县。陆龟蒙隐居于此，自号甫里先生。推车何事出长干。长干里在南京中华门外。当时作者经南京北上。旁人休笑陶弘景，神武当年早挂冠。陶弘景曾任南齐左卫殿中将军，永明十年(492)上书辞官，将朝服脱下挂在神武门上。

感　怀　(清)姜宸英

文章用尽终无力，犹向沧波一问津。北阙新除搜粟尉，西山遥贡采薇人。林宗有道身仍隐，元叔无官相岂贫。物色虚劳明主意，早知麋鹿性难驯。陈琰《艺苑丛话》："康熙丁巳，戊午之年，人赀得官者甚众。继复荐举博学鸿儒，隐逸之士争趋辇毂，纷纷载道。四明姜宸英有句云：'北阕新除输粟尉，西山遥贡采薇人。'一时以为实录。"

写怀十首 （清）潘 耒

纬萧抱瓮一闲身，忽有征书报隐沦。客到定知传语误，牒来方讶姓名真。雕龙岂得呼高鸟，芳饵何当近逸麟。闭户莞然成独笑，南山翠色正嶙峋。

土木形骸卧竹根，一生无梦到金门。梁鸿早岁耽栖遁，何点中年薄宦婚。栎以不才留作社，瓠因无用取当樽。少微那得关星象，错比柴桑处士村。

攻文未敢薄雕虫，精锐销亡旧学空。讵有七篇传邺下，谁能三箧补河东。悲歌总挟清商气，掘笔都无典丽风。枚马掞天才不少，因何搜采到岩中？

攒攻百病药无灵，忧患生年实饱经。簸荡心如悬碓杵，朣胧眼似抹云星。魂伤废垅哀风树，泪滴秋原痛鹡鸰。如此人身堪出否？谁云惜嫁为娉婷。

多谢云霄鹓鹭行，联翩推毂有封章。只言牛铎堪谐律，讵料铅刀已搓铓。元子曾闻荐谯秀，巨源终不强嵇康。此情可待披襟说,欲寄蒲笺鸟路长。

昔贤心迹太分明,蹈海焚山事可惊。桑树挂书人不见,羊裘把钓水长清。吾生岂得孤行意,隐去何当复啖名。只合从容求放免,林泉深处好偷生。

凌兢病骨强扶持,怀牒陈情控所司。屡典春衫干从事,频伸纸尾署邻医。长官省识支离态,幕府哀怜痛切辞。早晚乌私蒙特达,巢林从此得安枝。

事关胸臆绝沉吟,谁似山家逸趣深。绵上母偏愁捧檄,鹿门妻不羡怀金。沉冥早得闲居乐,恬淡弥坚学道心。留此须眉对松柏,风霜岁晚共千寻。

万事都缘不耐饥,卖文作活计全非。定僧岂合持斋钵,处女何当办嫁衣。橘弹千林霜带屋,鱼苗十斛水平矶。逍遥云路餐风好,莫逐光音拾地肥。

烂溪斜引霅读札,入声。溪流,一派香风菡萏秋。早韭晚松园客舍,绿簑青笠水仙舟。识时何物称龙凤,混俗从人唤马牛。遮断白云三十里,莫教空谷有鸣驺。

述 怀 (清)蒋士铨

醉梦虚声未可居，百年势尽等焚如。高谈道学能欺世，才见方隅敢著书。荼荠苦甘生有数，蛲蝉清浊事皆虚。三年穷到无锥立，惭愧先生鼠壤蔬。“鼠壤蔬”典出《庄子·天道》。士成绮看见老子鼠穴中有蔬菜，便批评老子“积敛无涯”，老子不予理睬。而第二天士成绮承认自己错怪了老子，老子才向他陈述了自己的名实观。此诗巧妙地用“惭愧”二字用来回敬：我已到了无立锥之地的困境，你还拿“鼠壤蔬”来大做文章。还幸亏鼠壤有余蔬呢？否则生活可真不可设想了。接过话锋，正话反说，更见锋芒。

感 怀 (清)吴锡麒

洗兵何日倒天瓢，夜望欃枪气未消。江汉军声坚四壁，风烟路势走中条。只今残局犹烦算，在昔微荧未易浇。玉靶雕弓金勒马，谁怜上客已头焦。张维屏《听松庐诗话》云：“此诗盖作于川、楚教匪将平定时。使早为扑灭，自不至蔓延。第六句善用逆笔，结二句亦极沉顿。”

自嘲诗二首 (清)梁启超

宣圣低眉弥勒笑，昔传试官笑柄有云：“佛肸乃西土经文，宣圣低眉弥勒笑。”一重公案太空疏。版权所有分明甚，字出南华非僻书。

蜨周交梦谁为是,王谢争墩乃尔奇。息壤飘零君莫问,今番重定定盦诗。定盦有《飘零行》云:"臣将请帝之息壤,惭愧飘零未有期。万一飘零文字海,他生重定定盦诗。"

木兰花慢·尧化门南京城门。车中作 (清)张尔田

倚軨车厢横木代指车。天似醉,问何地、着羁才?流落天涯的人才。看乱雪荒壕,春鹃泪点,残梦楼台。低回笛中怨语,有梅花、休傍故园开。燕外寒欺酒力,莺边暖阁吟怀。　　惊猜。鬓缕霜埃。喻白发。杯暗引,剑空埋。甚萧瑟兰成,庾信,小字兰成。梁亡后入周,作《哀江南赋》。杜甫《咏怀古迹》:"庾信平生最萧瑟,暮年诗赋动江关。"江关投老,一赋谁哀?秦淮旧时月色,带栖乌、还过女墙来。莫向危帆北睇,山青如发无涯。善于化用前人名句,借他人酒杯来浇自己胸中垒块,亦一特色。

书 怀 (清)邹 容

落落何人报大仇,沉吟往事泪长流。凄凉读尽支那史,几个男儿非马牛?

二、感慨 悲愤

杜侍御送贡物戏赠 （唐）张 谓

铜柱朱崖道路难，伏波横海旧登坛。越人自贡珊瑚树，汉使何劳獬豸冠。獬豸，传说中的异兽。一角，能辨曲直。古代作为执法者之冠称獬豸冠。獬豸，读蟹指，皆上声。疲马山中愁日晚，孤舟江上畏春寒。由来此货称难得，多恐君王不忍看。

（明）李攀龙：田子艺曰，李义山“不须看尽鱼龙戏，终遣君王怒偃师”，及此诗“由来”二句，皆得爱君之意。结句须得此法。——《唐诗广选》

（明）叶羲昂：“越人”二句，动人羞恶。“疲马”二语，动人恻隐。末更说得贡献恁地败兴，立言有法。——《唐诗直解》

（明）钟惺：风刺之体，深厚而严，立言有法。——《唐诗归》

（明）袁宏道：意欲以不贵异物讽君。“不忍看”三字最佳。——《唐诗训解》

（清）金人瑞：一开口便说道路难，妙，妙！且不论贡物之来，民生如何疲困，只论侍御之去朝廷，是何意旨乎？况于铜柱朱崖，同是此地，伏波横海，同为一人，乃彼何人斯，出众登坛？你何人斯，代人贡物？直是精剥鼠子面皮，更无余地许活也。三、四又反复治之，偏要提出其獬豸冠来,恶极,妙极(前四句下)!〇五、六又刻写"道路难"三字,穷极治之。七、八用相如《喻巴蜀檄》文法,出脱朝廷,最得宣示远人大体(后四句下)。——《贯华堂选批唐才子诗》

(清)刘邦彦:吴敬夫云,开口已见险远。颔联言其不必,颈联言其不堪。末复以不贵难得,责重君王,真善于讽谏者。——《唐诗归折衷》

遣 愤 (唐)杜 甫

闻道花门将,花门是唐代少数民族回纥的别称。论功未尽归。自从收帝里,谁复总戎机。蜂虿终怀毒,雷霆可震威。莫令鞭血地,再湿汉臣衣。唐代宗时命太子李适(此读括)为天下兵马大元帅,又派宦官向回纥借兵。回纥登里可汗要李适行跪拜大礼,随从官员不同意,回纥可汗下令鞭打这些官员各一百下,免李适行礼,当晚便打死两人。

野 望 (唐)杜 甫

清秋望不极,迢递起曾阴。远水兼天净,孤城隐雾深。叶稀风更落,山迥日初沉。独鹤归何晚,昏鸦已满林。

(宋)罗大经:"独鹤归何晚,昏鸦已满林。"以兴君子寡而小人多,君子凄凉零落,小人噂沓喧竞,其形容精矣。——《鹤林玉露》

(元)方回:此亦老杜暮夜诗,而题中惟指郊野,各极遒健悲惨。结束四句,有叹时感事、勖贤恶不肖之意焉。——《瀛奎律髓汇评》

(明)王嗣奭:此诗结语见意。……而"昏鸦满林"归亦无容足之地矣,因知其望中寓意不浅。——《杜臆》

（清）何焯：叶已稀而风更劲，则望中弥旷；日沉而山势加长，则层层阴晦。中四句皆承发端二句，而又次第相生，自远而近也。——《义门读书记》

（清）查慎行：中二联用力多在虚字，结意尤深。——《瀛奎律髓汇评》

（清）纪昀：述丧乱则明言，刺宵小则托喻。诗人立言之法。——同上

江　上　（唐）杜　甫

江上日多病，萧萧荆楚秋。高风下木叶，永夜揽貂裘。勋业频看镜，行藏独倚楼。时危思报主，衰谢不能休。勋业十字，至大至悲，老极淡极，声色俱化矣。

南　极　（唐）杜　甫

南极南极指夔。此用《尔雅》四极中之南极，因夔在长安之极南也。青山众，西江白谷分。《杜臆》："西江至白谷而分，此楚蜀之交也。"古城疏落木，荒戍密寒云。岁月蛇常见，风飙虎或闻。近身皆鸟道，殊俗自人群。睥睨登哀柝，蝥弧照夕曛。乱离多醉尉，愁杀李将军。浦二田云："前四峡中风景，中四峡中土俗，后四峡中时事。亦厌居南土，抚景感怀之作也。"

宿　昔　（唐）杜　甫

宿昔青门里，蓬莱仗数移。花娇迎杂树，沈约诗："春

风摇杂树。”杂树譬桃李也。龙喜出平池。落日留王母，微风倚少儿。微风句合用少儿、飞燕事。王母比贵妃，少儿比秦虢诸姨也。宫中行乐秘，少有外人知。此诗略见讽刺，然其词微而婉。如禄山宫里、虢国门前则失风人之旨也。

初授官，题高冠草堂　　（唐）岑参

三十始一命，宦情多欲阑。自怜无旧业，不敢耻微官。涧水吞樵路，山花醉药栏。只缘五斗米，辜负一渔竿。

（清）黄生：前后两截格。〇盛唐用字多尚稳实，故句法浑而不露。其尖巧一派，实自嘉州始开，如“涧水吞樵路，山花醉药栏”、“涧花燃暮雨，潭树暖春云”、“孤灯然客梦，寒杵捣乡愁”等句，皆晚唐之滥觞也。——《唐诗矩》

（清）吴乔：岑参云，“三十始一命，宦情都欲阑。自怜无旧业，不敢耻微官”，与韩偓“一名所系无穷事，争肯当年便息机”、刘伯温《僧寺》诗云“是处尘劳皆可息，清时终未念辞官”，皆正人由衷之言。——《围炉诗话》

（清）屈复：五、六“吞”字、“醉”字，皆工于烹炼。——《唐诗成法》

书情寄上韦苏州兼呈吴县李明府　　（唐）崔峒

数年湖上谢浮名，竹杖纱巾遂性情。云外有时逢寺宿，日西无事傍江行。陶潜县里看花发，庾亮楼中对月明。谁念献书来万里，君王深在九重城。

城中闲游 (唐)刘禹锡

借问池台主,多居要路津。千金买绝境,永日属闲人。竹径萦纡入,花林委曲巡。斜阳众客散,空锁一园春。

寒闺怨 (唐)白居易

寒月沉沉洞房静,真珠帘外梧桐影。秋霜欲下手先知,灯底裁缝剪刀冷。

闺 妇 (唐)白居易

斜凭绣床愁不动,红销带缓绿鬟低。辽阳春尽无消息,夜合花前日又西。

宴周皓大夫光福宅 (唐)白居易

何处风光最可怜,妓堂阶下砌台前。轩车拥路光照地,丝管入门声沸天。绿蕙不香饶桂酒,红樱无色让花钿。野人不敢求他事,惟借泉声伴醉眠。

入黄溪闻猿　(唐)柳宗元

溪路千里曲，哀猿何处鸣。孤臣泪已尽，虚作断肠声。

(明)高棅：只就猿声播弄，不添意而意自深。——《唐诗正声》

(明)唐汝询：猿声虽哀，而我无泪可滴，此于古歌中翻一意，更悲。——《唐诗解》

(明)周珽：上二句尽题面，下二句入情，多感思，得翻案法。——《唐诗选脉会通评林》

(清)沈德潜：翻出新意愈苦。——《唐诗别裁集》

醉赠薛道封　(唐)杜　牧

饮酒论文四百刻，刻指刻本，版本。水分云隔两三年。男儿事业知公有，卖与明君值几钱？

思贤顿《增韵》："顿，宿食所也。"皇帝出行，住宿的地方称作顿。

(唐)李商隐

内殿张弦管，中原绝鼓鼙。舞成青海马，斗杀汝南鸡。不见华胥梦，空闻下蔡迷。宸襟他日泪，薄暮望贤西。按：思贤顿即陕西咸阳东的望贤驿。安史之乱时唐玄宗向四川逃走，经过此驿，坐在树下休息，愁郁流泪。

题磻溪垂钓图　　(唐)罗　隐

吕望当年展庙谟，直钩钓国更谁如。若教生在西湖上，也是须供使宅鱼。

(明)田汝成：钱氏时，西湖渔者日纳鱼数斤，谓之“使宅鱼”。其捕不及额者，必市以供，颇为民害。一日罗隐侍坐，壁间有《磻溪垂钓图》，武肃索诗，隐应声曰“吕望当年展庙谟……”。武肃大笑，遂蠲其征。——《西湖游览志余》

(清)陆次云：因是诗遂停“使宅鱼”，此诗遂不可废。——《五朝诗善鸣集》

中元甲子以辛丑驾幸蜀四首(录一首)　　(唐)罗　隐

白丁攘臂犯长安，翠辇苍黄路屈盘。丹凤有情尘外远，玉龙无迹渡头寒。玉龙，剑也。李贺诗：“提携玉龙为君死。”渡头寒正用延津事。○杜诏云：“起一语指僖宗幸蜀，而己却怀忧国之情而远居局外，抱逢时之器而沦落泥途。丹凤、玉龙皆自况也。”静怜贵族谋身易，危惜文皇创业难。不将不侯何计是，钓鱼船上泪阑干。

岛　树　　(唐)陆龟蒙

波涛漱苦盘根浅，风雨飘多着叶迟。迥出孤烟残照里，鹭鸶相对立高枝。

退　栖　　(唐)司空图

宦游萧索为无能，移住中条最上层。得剑乍如添健仆，亡书久似失良朋。燕昭不是空怜马，支遁何妨亦爱鹰。自此致身绳检外，肯教世路日兢兢。

(清)钱谦益、何焯：三、四是遭乱避地人语，所以有味。放翁专学此等句子，即得其皮也。三、四状“萧索”，五、六反“无能”，落句应“移住”。——《唐诗鼓吹评注》

(清)施补华：晚唐七律，非无佳句，特少完章。且所云佳句，又景尽句中，句外并无神韵。如“得剑乍如添健仆，亡书久似失良朋”、“芳草有情多碍马，好云无处不遮楼”等类，皆无事外远致也。——《岘佣说诗》

(近代)俞陛云：此类诗句难于言情写景之诗，因须取譬工切，且有意味也。近人有“欲霁山如新染画，重游路比旧温书”，与此诗相似。若林逋之“春水净于僧眼碧，远山浓似佛头青”，及“巫峡晓云笼短鬓，楚江秋水曳长裾”，则借风景取譬，较易着想也(“得剑乍如”下)。——《诗境浅说》

再经胡城县　　(唐)杜荀鹤

去岁曾经此县城，县民无口不冤声。今来县宰加朱绂，便是生灵血染成。

辇下冬暮咏怀初稿附记　（唐）郑 谷

觅句干名只自劳，苦吟殊未补风骚。烟开水国花期近，雪满长安酒价高。旧业已荒青蔼《韵会》："蔼，草丛杂貌。"径，寒江空忆白云涛。不知春到情何限，惟恐流年损鬓毛。

中　年　（北宋）王安石

中年许国邯郸梦，晚岁还家圹埌游。圹埌，空荡辽阔，一望无际。多形容原野。《庄子·应帝王》："游无何有之乡，以处圹埌之野。"南望青山知不远，五湖春草入扁舟。

万　事　（北宋）王安石

万事黄粱欲熟时，世间谈笑漫追随。鸡虫得失何须算，鹏鷃逍遥各自知。

丁　年　（北宋）王安石

丁年结客盛游从，宛洛毡车处处逢。吟尽物华愁笔老，醉消春色爱醅浓。垆间寂寞相如病，锻处荒凉叔夜慵。早晚青云须自致，立谈平取彻侯封。

次韵郭功甫观予画雪雀有感二首　(北宋)苏　轼

早知臭腐即神奇，海北天南总是归。九万里风安税驾，税驾，即解驾。税读脱，入声。辞出《史记·李斯传》及曹植《洛神赋》。云鹏今悔不卑飞。

可怜倦鸟不知时，空羡骑鲸得所归。玉局西南天一角，苏轼时为朝奉郎提举成都玉局观。万人沙苑看孤飞。沙苑用徐佐卿事。

和刘道原寄张师民　(北宋)苏　轼

仁义大捷径，诗书一旅亭。相夸绶若若，《汉书·石显传》：显与牢梁五鹿充宗结为党友，诸附倚者，皆得宠位，民歌之曰：牢兮石兮，五鹿客邪，印何累累，绶若若邪。言其兼官据势也。犹诵麦青青。《庄子·外物篇》："儒以诗礼发冢……《诗》固有之曰：'青青之麦，生于陵陂，生不布施，死何含珠焉。'"腐鼠何劳吓，高鸿本自冥。颠狂不用唤，酒尽渐须醒。《乌台诗案》：此诗讥讽朝廷近日进用之人，以仁义为捷径，以诗书为逆旅，但为印绶爵禄所诱，则假六经以进，如《庄子》所谓"儒以诗礼发冢"，故云麦青青。又云：小人之顾禄，如鸱鸢以腐鼠吓鸿鹄，其溺于利，如人之醉于酒，酒尽则自醒也。

次韵答子由　(北宋)苏　轼

平生弱羽寄冲风，《史记·韩安国传》："冲风之末，力不能漂鸿毛。”此去归飞识所从。好语如珠穿一一，元微之诗：“一一贯珠随咳唾。”妄心似膜退重重。山僧有味杜牧诗：山僧尚未知姓名，始羡空门气味长。宁知子，泷吏无言只笑侬。泷读笼，平声。泷吏，指韩愈的《泷吏》诗。尚有读书清净业，未容春睡敌千钟。

奉和陈贤良　（北宋）苏　轼

不学孙吴与《六韬》，敢将驽马并英豪。望穷海表天还远，倾尽葵心日逾高。身外浮名休琐琐，梦中归思已滔滔。三山旧是神仙地，引手东来一钓鳌。

答范淳甫　（北宋）苏　轼

吾州下邑生刘季，谁数区区张与李。自注：来诗有张仆射李临淮之句。重瞳遗迹已尘埃，惟有黄楼临泗水。自注：郡有厅，俗谓霸王厅，相传不可坐，仆拆之以盖黄楼。而今太守老且寒，侠气不洗儒生酸。犹胜白门穷吕布，欲将鞍马事曹瞒。

王子直去岁送子由北归，往返百舍，今又相逢赣上，戏用旧韵，作诗留别　（北宋）苏　轼

米尽无人典破裘，送行万里一邹游。颜鲁公与蔡明远帖云：“闻邹游与明远同来，欲至采石，计其不久，亦合及我与淮泗之间。”解舟又

欲携君去,归舍聊须与妇谋。闻道年来丹伏火,不愁老去雪蒙头。剩买山田添鹤口,魏野闲居诗:"成家书满室,添口鹤生孙。"庙堂新拜富民侯。

和子由次王巩韵,"如囊"之句,可为一噱

(北宋)苏　轼

平生未省为人忙,贫贱安闲气味长。粗免趋时头似葆,《汉书》:"头如蓬葆。"稍能忍事腹如囊。《相经》:"腹如悬囊,善畜多藏。"简书见迫身今老,樽酒闻呼首一昂。欲挹天河聊自洗,尘埃满面鬓眉黄。

阮郎归　(北宋)无名氏

春风吹雨绕残枝。落花无可飞。小池寒绿欲生漪,《初学记》:"水波如锦文曰漪。"徐培均、罗立刚云:"'小'字写池之面积,'寒'字写池之温度,'绿'字写池之颜色,'欲'字写池之感情,'漪'字写池之动态,形象鲜明,意境深远。"雨晴还日西。　帘半卷,燕双归。讳愁无奈眉。翻身整顿着残棋。沉吟应劫迟。《棋经》:劫,夺也。先投子曰"抛",后投子曰"劫",乃有声东击西之功。

(明)杨慎:眉不掩愁,棋不消愁,愁来何处着?——《升庵词话》

(明)卓人月:讳愁五字,不知费多少安排。("讳愁无奈眉",五字之中四层转折:一是有愁,二是要讳愁,三是眉间露愁,四是徒嗟奈何,愈转愈深,似可洞悉肺腑。)——《古今词统》

西江月　　(北宋)朱敦儒

世事短如春梦，人情薄似秋云。不须计较苦劳心，万事原来有命。　　幸遇三杯好酒，况逢一朵花新。片时欢笑且相亲，明日阴晴未定。

(宋)黄昇：《西江月》二曲(另一曲为“元是西都散汉”)，辞浅意深，可以警世之役役于非望之福者。——《中兴以来绝妙词选》

(明)杨慎：言近而指远，不必求其深宛。——《草堂余诗》

(明)沈际飞：是病热中的清凉散，毋忽其浅率。——《草堂诗余正集》

(明)潘游龙：词虽浅率，正可砭世。——《古今诗余醉》

武陵春·春晚　　(北宋)李清照(女)

风住徐培均云：“二字极富于暗示性。说明以前曾是风吹雨打。”尘香尘土里散发出落花的香气。花已尽，日晚倦梳头。物是人非事事休，欲语泪先流。　　闻说双溪在今浙江金华。一溪为东港，一溪为南港，至金华合流为婺港，又名双溪。春尚好，也拟泛轻舟。只恐双溪舴艋舟。载不动、许多愁。

(明)杨慎：秦处渡《谒金门》词云，“载取暮愁归去”、“愁来无着处”，从此翻出。(按：所引秦湛词实为张元幹作。)——《草堂诗余》

(明)张綖：易安名清照，尚书李格非之女，适宰相赵挺之子明诚，尝集《金石录》千卷，比诸六一所集，更倍之矣。所著《漱玉集》，朱晦庵亦极称之。后改适人，颇不得意。此词“物是人非事事休”，正咏其事。

朱淑真“可怜禁载许多愁”祖之，岂女辈相传心法耶？——《草堂诗余别录》

(明)吴从先：未语先泪，此怨莫能载矣。——《草堂诗余隽》

(清)陈廷焯：易安《武陵春》后半阕云，“闻说双溪春尚好，也拟泛轻舟。只恐双溪舴艋舟。载不动、许多愁”。又凄婉，又劲直。观此，益信无再适张汝舟事。即风人“岂不尔思，畏人之多言”意也。投綦公一启，后人伪撰，以诬易安耳。——《白雨斋词话》

送　春　(南宋)朱　弁

风烟节物眼中稀，三月人犹恋褚衣。褚衣，棉衣也。结就客愁云片段，唤回乡梦雨霏微。小桃山下花初见，弱柳沙头絮未飞。把酒送春无别语，羡君才到便成归。朱弁字少章，于宋高宗建炎元年冬出使金国，由于拒绝金人的威胁利诱，不肯屈服，因而被拘留十五年，于宋高宗绍兴十三年才回到故国。

闻王道济陷虏　(南宋)陈与义

海内堂堂友，如今在贼围。虚传袁盎脱，不见华元归。浮世身难料，危途计易非。云孤马息岭，老涕不胜挥。

(元)方回：三、四善用事，五、六有无穷之痛焉。——《瀛奎律髓汇评》

(清)纪昀：五、六乃良友相期以正之意，非痛词也。此亦似杜○六句千古。——同上

(清)冯舒:后山如此尽佳。——同上

(清)冯班:如此用事,可谓清楚。——同上

(清)许印芳:“不”字复。——同上

书怀示友十首(录一首)　　(南宋)陈与义

有钱可使鬼,无钱鬼揶揄。《世说新语》:“罗友家贫,乞禄于桓温曰:‘臣昨见一鬼揶揄。’臣曰:‘我只见汝送人作郡,不见人送汝作郡。’”百年堂前燕,万事屋上乌。微官不救饥,出处违壮图。相牛岂无经,种树亦有书。如何求二顷,苏秦曰:“使我有负郭田二顷,岂能佩六国之相印乎?”归卧渊明庐。曝背对青山,鸟鸣人意舒。试数门前客,终岁几覆车。

元方用韵见寄,次韵奉谢兼呈元东　　(南宋)陈与义

一欢玄发谢惠《秋怀》诗:“各勉玄发欢,无贻白发叹。”水东流,两脚黄尘阅几州。王湛时须看《周易》,虞卿未敢著《春秋》。不辞彭泽腰常折,却得邯郸梦少留。有句惊人虽可喜,无钱使鬼故宜休。

水调歌头·吴汉阳使君使君是对州郡长官的敬称。

(南宋)王以宁

大别山名。我知友,突兀起西州。西州,指方位,言方位在

西的军州,即汉阳军。十年重见,作者十年前曾游大别山。依旧秀色照清眸。常记鲒碕鲒碕山名,在浙江奉化东南。点出汉阳军长官的籍贯。狂客,以唐代贺知章比拟。邀我登楼雪霁,杖策拥羊裘。山吐月千仞,残夜水明楼。杜甫《月》诗:“四更山吐月,残夜水明楼。”以上皆回忆十年前的故事。　黄粱梦,未觉枕,几经秋。与君邂逅,相逐飞步碧山头。举酒一觞今古,叹息英雄骨冷,清泪不能收。鹦鹉更谁赋,遗恨满芳洲。崔颢诗曰:“晴川历历汉阳树,芳草萋萋鹦鹉洲。”又增一番感慨也。

石州慢·己酉高宗建炎三年(1129)。吴兴今浙江湖州。舟中作

(南宋)张元幹

雨急云飞,惊散暮鸦,微弄凉月。谁家疏柳低迷,几点流萤明灭。夜帆风驶,满湖烟水苍茫,菰蒲零乱秋声咽。梦断酒醒时,倚危樯高竖的桅杆。清绝。
心折。长庚即金星主兵。光怒,群盗纵横,逆胡猖獗。欲挽天河,一洗中原膏血。两宫徽宗、钦宗。何处,塞垣只隔长江,建炎三年,金兵攻占扬州等地,与南京只隔一条长江。唾壶空击悲歌缺。《世说新语·豪爽》:“王处仲每酒后,辄咏‘老骥伏枥,志在千里。烈士暮年,壮心不已’。以铁如意击唾壶,壶口尽缺。”万里想龙沙,泛言塞外,借指二帝北掳后所寄之处。泣孤臣吴越。

(清)陈廷焯:忠爱根于血性,勃不可遏。——《词则·放歌集》

书愤二首　　(南宋)陆　游

白发萧萧卧泽中，只凭天地鉴孤忠。阨穷苏武餐毡久，忧愤张巡嚼齿空。细雨春芜上林苑，颓垣夜月洛阳宫。壮心未与年俱老，死去犹能作鬼雄。

镜里流年两鬓残，寸心自许尚如丹。衰迟罢试戎衣窄，悲愤犹争宝剑寒。遣戍十年临滴博，壮图万里战皋兰。关河自古无穷事，谁料如今袖手看！

(元)方回：悲壮感慨，不当徒以虚语视之。——《瀛奎律髓汇评》

(清)纪昀：此种诗是放翁不可磨处。集中有此，如屋有柱，如人有骨。如全集皆“石研不容留宿墨，瓦瓶随意插新花”句，则放翁不足重矣。何选放翁诗者，所取乃在彼也？——同上

(清)无名氏(甲)：滴博山在蜀西边。皋兰山在今兰州，即霍去病初逐匈奴处。——同上

(清)许印芳：前二评皆允当。二诗皆五、六拓开，七、八兜里。其语皆悲而壮，昔人所谓作惊雷怒涛，不作凄风苦雨者。放翁生当南渡偏安之际，有志北伐，至死不变，其复仇雪耻之心，时时发露于诗。七律写意，无过《感愤》一篇。其词云：“今皇神武是周宣，谁赋南征北伐篇！四海一家天历数，两河百郡宋山川。诸公尚守和亲策，志士虚捐少壮年。京洛雪消春又动，永昌陵上草芊芊。”生平大志，和盘托出。结语追念艺祖，含蓄不尽。得此收笔，通身皆活。此篇外，《书愤》之作，不一而足。虚谷所选二篇，同题合编，实非一时之作。外有一篇云：“早岁那知世事艰，中原北望气如山。楼船夜雪瓜州渡，铁马秋风大散关。塞上长城空自许，镜中衰鬓已先斑。《出师》一表真名世，千载谁堪伯仲间。”“中”字、“世”字犯复，“那”字读平声。此诗前后开合，章法又与前二首诗不

同，笔意变化。末二句思得诸葛其人，经略中原，非以诸葛自比。通篇沉郁顿挫，而三、四雄浑。不但句中力量充足，抑且言外神彩飞动。此等句集中颇多，如“万里关流孤枕梦，五更风雨四山秋”、“江声不尽英雄恨，天意无私草木秋”、“云埋废苑呼鹰地，雪暗荒郊射虎天”、“十年尘土青衫色，万里江山画角声”、“阶前汗血洮河马，架上霜毛海国鹰”、“鸾旗广殿晨排仗，铁马黄河夜踏冰”、“青海战云临贼垒，黑山飞雪洒貂裘”、“地连秦雍川原壮，水下荆扬日夜流”此等句真可嗣响少陵。而又有句云“书希简古终难近，诗慕雄浑苦未成”。盖自谦也。其余佳句，如“山河兴废供搔首，身世安危入倚楼”、“故人不见暮云合，客子欲归春水生”、“江山重复争供眼，风雨纵横乱入楼”、“无穷江水与天接，不断海风吹月来”、“九轨徐行怒涛上，千艘横系大江心”、“风高露井无桐叶、雨急烟村有雁声”、“三峡猿催清泪落，两京梅傍战尘开”、“五湖风雨孤舟夜，万里江山一纸书”、“乾坤恨入新丰酒，霜露寒侵季子裘”、“天上但闻星主酒，人间宁有地埋忧”、“关河可使成南北，豪杰谁堪共死生”、“一身报国有万死，双鬓向人无再青”、“生拟入山随李广，死当穿冢近要离”、“度兵大岘非无策，收泣新亭要有人”、“急雪打窗心共碎，危楼望远涕俱流”，此类或含蕴、或豪健、或沉着，皆集中上乘。至如“风回断续闻樵唱，木落参差见寺楼”、“青山缺处日初上，孤店开时莺乱啼”、“夜雨长深三尺水，晓寒留得一分花”、“久别名山凭梦到，每思旧友取书看”、“万里因循成久客，一年容易又秋风”、“客心尚壮年先老，江水方东我独西”，此类以工稳圆熟见长，在集中为中乘。“重帘不卷留香久，古砚微凹聚墨多”、“白菡萏香初过雨，红蜻蜓弱不禁风”之类，意境太狭，对偶太工，便落下乘，而俗人爱之，岂知放翁固有“俗人犹爱未为诗”之句乎？在放翁无所不有，在学者宜以上乘为法，初学识量犹浅，往往为流俗所误，故详引其诗而论列之如此。〇“自”字复。——同上

书　愤　（南宋）陆　游

早岁那知世事艰，中原北望气如山。楼船夜雪瓜

洲渡，铁马秋风大散关。塞上长城空自许，镜中衰鬓已先斑。《出师》一表真名世，千载谁堪伯仲间。

后寓叹 （南宋）陆 游

貂蝉未必出兜鍪，《南齐书·周盘龙传》："盘龙为散骑常侍大夫。世祖戏之曰：'貂蝉何如兜鍪？'盘龙曰：'此貂蝉从兜鍪中出尔。'"要是苍鹰已下韝。彭泽竟归端为酒，轻车轻车将军李广。已老岂须侯。千年精卫心平海，三日於菟气食牛。《尸子》曰："虎豹之驹未成文，已有食牛之气。"会与高人期物外，摩挲铜狄灞陵秋。

（元）方回：前诗三、四佳（前诗未选），后诗六句豪俊。嘉泰二年癸亥，放翁年七十九，在朝。——《瀛奎律髓汇评》

（清）查慎行：句句斗簨，字字合拍，可见胸中有书。——同上

（清）纪昀：此当为韩侂胄议北伐时所作。五、六最沉着而曲折，言志士本不忘复仇，但少年恃气轻举，则可虑耳。末句言他日时事变迁，我老犹当及见之意。——同上

（清）无名氏（甲）：小虎生三日气可食牛。蓟子训抚灞陵铜人，叹曰"适见铸此，已五百年矣"。——同上

（清）许印芳："要"平声。"於菟"虎也。"铜狄"铜铸大人也。——同上

夜登千峰榭 （南宋）陆 游

夷甫诸人骨作尘，《世说新语》："桓公入洛过淮泗，践北境，与诸僚登平乘楼、眺瞩中原，慨然曰：'遂使神州百年丘墟，王夷甫诸人不得不任其责。'"

《晋书·王衍传》:"衍字夷甫,将死顾而言曰:'吾曹虽不如古人,向若不祖尚浮虚,戮力以匡天下,总可不至今日。'"至今黄屋黄屋车,天子车也。见《史记》。尚东巡。东巡指晋东迁也。实伤宋之南渡。度兵大岘《宋书》:"义熙五年三月,公(刘裕)抗表以征,慕容超闻王师将至,其大将五楼说超宜断据大岘,超不从。公(刘裕)既入岘,举乎指天曰:'吾事济矣。'"非无策,收泣新亭要有人。薄酿不浇胸垒块,壮图空负胆轮囷。邹阳狱中上书曰:"蟠木根柢,轮囷离奇。"韩愈诗曰:"肝胆还轮囷。"危楼插斗山衔月,徙倚长歌一怆神。

题日记　　(南宋)范成大

谁言万事转头空,未到头时亦梦中。若向梦中寻梦觉,觉来还入大槐宫。

次韵乐先生吴中见寄　　(南宋)范成大

几多蝼蚁与王侯,往古今来共一丘。遮莫功名掀宇宙,百年两角寄蜗牛。

明日分弓亭按阅,再用西楼韵　　(南宋)范成大

眼看白露点苍苔,岁岁飞流首屡回。老去读书随忘却,醉中得句若飞来。闻鸡午夜犹能舞,射雉西郊不用媒。自笑支离聊复尔,丹心元未十分灰。

晚集南楼 （南宋）范成大

浪随儿女怨萍蓬，笑拍阑干万事空。宇宙勋名无骨相，江山得句有神功。掉头莫觑秋高鹗，留眼来宾日暮鸿。懒拙已成三昧解，此生还证一圆通。

初履地 （南宋）范成大

扶头今日强冠簪，余烬收从百战酣。长胫阁躯如瘦鹤，冲风夺气似枯柟。客来慵投懒残涕，老去定向弥勒龛。何处更能容结习，任教花雨落毵毵。

满江红·书怀 （南宋）史达祖

好领青衫，全不向、诗书中得。还也费、区区造物，许多心力。未暇买田清颍尾，尚须索米长安陌。有当时、黄卷满前头，多惭德。　　思往事，嗟儿剧；即儿戏。怜牛后，怀鸡肋。奈棱棱虎豹，九重九隔。三径就荒秋自好，一钱不值贫相逼。对黄花、常待不吟诗，诗成癖。

江城子　　(南宋)卢祖皋

画楼帘幕卷新晴。掩银屏。晓寒轻。坠粉飘香，日日唤愁生。暗数十年湖上路，能几度、着娉婷。

年华空自感飘零。拥春酲。对谁醒。天阔云闲，无处觅箫声。载酒买花年少事，浑不似，旧心情。

(清)况周颐：卢申之《江城子》后段云云(略)，与刘龙洲词“欲买桂花重载酒，终不似，少年游”。可称异曲同工。然终不如少陵之“诗酒尚堪驱使在，未须料理白头人”。为倔强可喜。——《蕙风词话》

狐　鼠城墙上的狐狸和土地庙的老鼠，比喻仗势作恶之人。典出《韩非子》。　(南宋)洪咨夔

狐鼠擅一窟，虎蛇李白《蜀道难》：“朝避猛虎，夕避长蛇。”行九逵。不论天有眼，但管地无皮。吏鹜肥如瓠，民鱼烂欲糜。交征《孟子·梁惠王上》：“上下交征利而国危矣。”谁敢问，空想素丝诗。《诗·召南·羔羊》：“羔羊之皮，素丝五纥。”小序云：“召南之国，化文王之政，在位皆节俭正直，德如羔羊也。”

眼　中　　(金)元好问

眼中时事益纷然，拥被寒窗夜不眠。骨肉他乡各异县，衣冠今日是何年。枯槐聚蚁无多地，秋水鸣蛙

自一天。何处青山隔尘土,一庵吾欲送华颠。

人月圆 (金)元好问

玄都观里桃千树,花落水空流。凭君莫问,四字化实为虚。即管不了这些。清泾浊渭,去马来牛。杜甫《秋雨叹》:“去马来牛不复辨,渭清泾浊何当分。” 谢公扶病,羊昙挥涕,一醉都休。古今几度,生存华屋,零落山丘。清醒而作醉语,悲凉而作快语,更增其悲慨。

水调歌头·史馆夜直 (金)元好问

形神自相语,咄诺汝来前。天公生汝何意,宁独有奇偏。万事粗疏潦倒,半世栖迟零落,甘受众人怜。许汜卧床下,许汜事见《三国志·陈登传》。赵壹赵壹东汉时人,其《刺世疾邪赋》云:“文籍虽满腹,不如一囊钱。伊犹北堂上,肮脏倚门边。”倚门边。

五车书,都不博,一囊钱。长安自古歧路,难似上青天。鸡黍年年乡社,桃李家家春酒,平地有神仙。归去不归去,鼻孔有谁穿。

念奴娇·避地溢江,溢江,地名,在今南京市。书于新亭即劳劳亭。

(南宋)王 澜

凭高远望,见家乡、只在白云深处。《新唐书·狄仁杰传》:“仁杰赴任并州,登太行,南望白云孤飞,谓左右曰:‘吾亲所居,在此云下。’”镇日思归归未得,孤负殷勤杜宇。故国伤心,新亭泪眼,更洒潇潇雨。长江万里,难将此恨流去。　遥想江口依然,鸟啼花谢,今日谁为主。燕子归来,雕梁何处,底事何事。呢喃语?最苦金沙,金沙湖,在蕲州东十里,又名东湖。十万户尽,作血流漂杵。据《辛巳泣蕲录》记载,宋宁宗嘉定十四年(1221)一月,金兵南下围攻蕲州(今湖北蕲春)。知州李诚知、通判赵与衮等率众坚守,无奈援军久滞不至,二十五天后城被攻破。金兵进城后大肆屠杀,洗劫一空。李诚知全家自尽,赵与衮乘隙逃出,曾详记此事。横空剑气,要当一洗残虏。

临江仙　(金)段成己

走遍人间无一事,十年归梦悠悠。行藏休更倚危楼。乱山明月晓,沧海冷云秋。　诗酒功名殊不恶,个中未减风流。西风吹散两眉愁。一声长啸罢,烟雨暗汀洲。

酹江月·和友驿中言别　(南宋)文天祥

乾坤能大,算蛟龙、元不是池中物。风雨牢愁无着处,那更寒蛩四壁。横槊题诗,登楼作赋,万事空中雪。江流如此,方来还有英杰。　堪笑一叶漂零,重来淮水,正凉风新发。镜里朱颜都变尽,只有丹心难灭。去去龙沙,江山回首,一线青如发。故人应念,杜鹃枝上残月。

酹江月·驿中言别友人　（南宋）邓 剡

水天空阔，恨东风、不惜世间英物。蜀鸟吴花残照里，忍见荒城颓壁。铜雀春情，金人秋泪，此恨凭谁说？堂堂剑气，斗牛空认奇杰。　　那信江海余生，南行万里，属扁舟齐发。正为鸥盟留醉眼，细看涛生云灭。睨柱吞嬴，回旗走懿，千古冲冠发。伴人无寐，秦淮应是孤月。南宋亡，作者与文天祥被俘，囚禁在一起。元世祖至元十六年(1279)两人被一起解往大都，至金陵，邓剡因疾留居就医，因此与文天祥分别，写下此词相赠。

石灰吟　（明）于 谦

千锤万击出深山，烈火焚烧若等闲。粉身碎骨浑不怕，要留清白在人间。

卜算子二首　（明）聂大年

杨柳小蛮腰，惯逐东风舞。学得琵琶出教坊，不是商人妇。　　忙整玉搔头，春笋纤纤露。老却江南杜牧之，懒为秋娘赋。

粉泪湿鲛绡，只恐郎情薄。梦到巫山第几峰，酒醒灯花落。　　数日尚春寒，未把罗衣着。眉黛含颦为阿谁，但悔从前错。

赠吴之山　(明)王　问

城柝声声夜未央，江云初散水风凉。看君已作无家客，犹是逢人说故乡。语含讥讽，但说来蕴藉不露。○按作者王问，无锡人，于嘉靖十七年考取进士后，历官户部主事、广东佥事等。父亲去世后便不再为官。"筑室湖上，读书三十年，不履城市，数被荐不起。"(《明史·儒林传》语)○吴子山，字子充，身为布衣，而乐意与缙绅们交往。"本朝布衣以诗鸣者，多封己自好，不轻出游人间，其挟诗卷，携简牍，遨游缙绅，如晚宋所谓山人者，嘉靖间自子充始。"(《列朝诗集小传》语)

失　题　(清)陈宏绪

风雨千年痛哭声，海天寥落听韶頀。韶，帝舜乐，頀，帝喾乐。范成大诗："东极空歌下始青，西方宝网奏韶頀。"陈子龙诗："规纵效坟典，抒论协韶頀。"澄心堂内新词好，衔璧凄凉愧众伶。施闰章《蠖斋诗话》云："曹彬攻下江南，诸将置酒欢宴，乐人掷乐器大恸，因尽杀而聚瘗之，名乐官山。李君实诗云：'城破辕门宴赏频，伶伦执乐泪沾巾。骈头就死缘家国，愧杀南归结绶人。'"

客盂，盂有问余于右元者，右元占韵复之，阿好过情，遂如韵自遣　(清)傅　山

扬雄拟我愧非伦，况复无才撰《美新》。扬雄作《剧秦美

新》颂王莽。什一懒营虚笑鬼，《南史·刘粹传》："有刘伯龙者……贫窭尤甚，尝在家召左右，将营什一之方，忽见一鬼在旁，抚掌大笑。伯龙曰：'贫困固有命，乃复为鬼所笑。'遂止。"寻常守辱失钱神。生憎褚彦兴齐国，褚渊字彦回，刘宋时任中书令，后与萧道成夺取宋朝建立齐国任尚书令。喜道陶潜是晋人。被衲黄冠犹未死，还因邻里问僧珍。《南史·吕僧珍传》："宋季雅罢南康郡，市宅居僧珍宅侧，僧珍问宅价，曰：'一千一百万。'怪其贵。季雅曰：'百万买宅，千万买邻。'"

布　水　（清）方以智

宋末吴草庐，隐居布水谷。何以至元中，居官复碌碌。乃知许衡言，恨不辞官禄。临终欺人语，不独我不服。

千　官　（清）顾炎武

武帝求仙一上天，茂陵遗事只虚传。千官白眼皆臣子，孰似苏生北海边。按：此诗"千官白眼"指降臣。苏生指苏武，谓左懋第。福王即位时，以兵部使清，十月至北京，不屈。弘光元年六月，南京失守，闰六月，拒清廷薙发之命殉国。亭林此诗作于左使清以后，殉国以前。

风流子·同素庵作者丈夫陈之遴号素庵。感旧

（清）徐　灿(女)

只如昨日事，回头想，早已十经秋。向洗墨池边，

装成书屋，蛮笺四川所产之彩色纸。象管，象牙为管的毛笔。别样风流。残红院、几番春欲去，却为个人留。宿雨低花，轻风侧蝶，水晶帘卷，恰好梳头。上篇回忆过去。　西山作者词作曾数提西山。是在明亡前夫妻侨居在北京西隅的寓所。可望见"西山云物，朝夕殊态"。依然在，知何意、凭栏怕举双眸。而现在却怕看，为什么？江山已易主，这句话，却含蓄没有说出。便把红萱萱草可以忘忧。酿酒，酒亦可以忘忧。只动人愁。谢前度桃花，休开碧沼，旧时燕子，莫过朱楼。悔煞双飞新翼，误到瀛洲。瀛洲为仙人居住之地。唐太宗作文学馆，以房玄龄、杜如晦等十八人为学士，时人称入选者为登瀛洲。作者的丈夫陈之遴，明崇祯十年(1637)进士，授编修。曾与作者徐灿，同住北京西隅，过着留连花月题云咏雪的生活。崇祯十七年(1644)清兵入关，攻破北京，次年又大举南下，江南一带惨遭蹂躏，他们也曾过一段颠沛流离的生活。不久，陈之遴竟失节降清，重到北京，出仕新朝。徐灿在当时社会，万分无奈，只得随丈夫赴京，但心情却相当矛盾，在此情绪中感旧思今，写下此词。

偶题有讽　(清)姜宸英

只为尘多举扇遮，可知惆怅为东华。东华，泛指朝廷。因明、清时中枢官署皆设在宫城的东华门内。三春已过芳菲歇，冷落棠梨一树花。

赋寄富平李子德　(清)屈大均

河华高居早有名，鹤书频使羽毛轻。三秦豪杰哀王猛，一代诗歌恨少卿。绝塞虽将黄鹄返，空山无复白云迎。鸳湖朱十嗟同汝，未嫁堂前已目成。钱仲联《梦茗盦诗话》:“屈大均游陕时,与顾炎武、李因笃(子德)相交契,其后因笃不能坚持民族气节而出山。故大均有《赋寄富平李子德》诗以为北山之移文。……大均与朱(朱十即朱彝尊)俱参与山阴祁氏园策划郑成功进攻长江之谋。后郑兵败谋泄,大均归粤,朱避走温州。大均始终坚持抗清,而朱终为‘一队夷齐下首阳’人物。朱在出山之前,似已热衷于弹冠新朝,大均早窥见其隐,故此诗结句,微言以致讽也。”

和仇丽亭仇丽亭名养正,杭州名士。五首(录一首)　　(清)黄景仁

多君怜我坐诗穷,襆被萧条囊橐空。手指孤云向君说,卷舒久已任秋风。

高阳台　　(清)陈　澧

元日独游丰湖,在广东惠阳县。湖边有张氏园林,叩门若无人者,遂过黄塘寺,啜茗而返。忆去年此日,游南昌螺墩,不知明年此日,又在何处也。

新曙湖山,酽寒城郭,钓船犹阁圆沙。短策行吟,何曾负了韶华?虚亭四面春光入,爱遥峰、绿到檐牙。久些些。几缕垂杨,几点桃花。　　去年今日螺墩醉,记石苔留墨,窗竹摇纱。底事年年,清游多在天涯?平生最识闲中味,觅山僧、同说烟霞。却输他。斜日关门,近水人家。正月初一是全家欢聚的日子,而作者客居在外,去年如此,今年如此,明年如何,虽然不说,料也很难回家团聚。所以提出“底事年年,清游多在天涯”的问题。全词只有“欠”字和“底事”两句微露幽怨。其他或赏

景色,或自慰,把内心感情隐含其中,写得深沉蕴藉。

罪　言　(清)张裕钊

竟触鲸牙捋虎须,咄哉此举谓良图。积薪不解先移突,发弩能禁后脱弧?岂有疗饥餐毒药,可怜从瞽问迷途。噬脐他日宁堪说,十万横磨一掷输。

京师示友　(清)周家禄

澍雨经年不入城,澍读树,去声。澍雨,时雨也。黄沙无税满瑶京。莫贪秀夜频相过,更恐官司禁月明。此诗殆托讽国家无物不税,恐月光无税,亦将被禁矣。然意稍晦。

书愤五首　(清)黄遵宪

一自珠崖弃,胶州。纷纷各效尤。旅顺、大连、威海卫、庆州湾。瓜分帷客听,薪尽向予求。秦楚纵横日,幽燕十六州。未闻南北海,处处扼咽喉。

岂欲亲豺虎,联交约近攻。如何盟白马,无故卖卢龙。光绪二十二年使俄密约,已以胶州许之。一着棋全败,连环结不穷。德取胶州,俄人不问,论者已知意在旅顺矣。四邻墙有耳,言早泄诸戎。

扰扰无穷事，吁嗟景教行。乍闻祆庙火，已见德车旌。德车旌，借用《曲礼》。过重牵牛罚，横挑啮犬争。挟强图一逞，莫问出师名。失二教士，遂失胶州。

古有羁縻地，今称隃领州。竟闻秦失鹿，转使鲁无鸠。各国势力范围圈，独中国无分。地动山移恐，天悬日坠忧。君看黑奴国，到此属何州。

弱肉供强食，人人虎口危。无边画瓯脱，有地尽华离。争问三分鼎，横张十字旗。波兰与天竺，后患更谁知。

蝶恋花　（清）陈廷焯

中宵不寐，万感交集，赋《蝶恋花》一阕。天下后世见我词者，皆当兴起无穷哀怨，且养无限忠厚也。

采采芙蓉《古诗十九首》："涉江采芙蓉，兰泽多芳草。采之欲遗谁，所思在远道。"秋已暮。一夜西风，吹折江头树。欲寄相思怜尺素，书信。雁声凄断衡阳浦。湖南衡阳有回雁峰，相传南飞之雁至此即止。王勃《滕王阁序》："雁阵惊寒，声断衡阳之浦。"　赠我明珠还记否？张籍《节妇吟》："君知妾有夫，赠妾双明珠。"试拨鹍弦，用鹍鸡筋做的琵琶弦。此泛指弦乐器。更欲从君诉。蝶雨梨云均指梦。《庄子·齐物论》庄子做梦，化为蝴蝶。〇宋玉《高唐赋》："朝云暮雨，高唐之梦。"

○王昌龄《咏梅诗》:“落落暮暮路不分,梦中唤作梨花云。”○苏轼《西江月》:“高情已逐晓云空,不与梨花同梦。”浑莫据。梦魂长绕南塘路。南朝乐府《西州曲》:“采莲南塘秋,莲花过人头。”与首句照应,形成完美的意境。

采桑子　(清)郑文焯

销魂最是泉桥水,花雨冥冥。歌泪盈盈。不解西流总费声。　　画船烟泊经游地,灯火高城,弦管残更。无奈明朝酒易醒。小词抒情,最忌粘着;贵在似实似虚,非真非幻,一片虚渺空灵而又轻轻点露。一味虚灵则如朦胧诗,不着实际;一味粘实,则又如说明书,了无余味可寻,不胜枯涩。此词佳处,正在藏景于情,藏情于境,一路空空漠漠,只用结语点睛,遂使其人、其事、其情宛然纸上,全首乃觉飞动。

翠楼吟　(清)文廷式

岁暮江湖,百忧如捣,感时抚已,写之以声。

石马沉烟,银凫蔽海,击残哀筑《史记·刺客列传》:“高渐离击筑,荆轲和而歌于市中,相乐也;已而相泣,旁若无人者。”后世遂以击筑谓慷慨悲歌。谁和?旗亭沽酒处,看大艑、艑读匾,上声。大船。风樯轲峨。元龙高卧。用三国陈登事,见《三国志》。便冷眼丹霄,难忘青琐。宫门上的青色连环花纹,指朝廷。真无那。无奈。冷灰寒柝,柝读拓,入声。古代巡夜敲的木梆。笑谈江左。
一笴,笴读敢,上声。箭也。能下聊城,齐将田单攻聊城,岁余不下。鲁仲连给燕将写了一封信,以箭射入城中,燕将遂自杀,田单遂克聊城。事见《史记·鲁仲连传》。此指为国立功。算不如呵手,试拈梅朵。苕鸠

《荀子·劝学篇》:“南方有鸟焉,名曰蒙鸠,以羽为巢,而编之以发,系苇苕,风至苕折,卵破子死,巢非不完也,所系者然也。”栖未稳,此指处境危险。更休说、山居清课。佛家每日行的课程。沉吟今我。只拂剑星寒,欹屏花妥。花堕。清辉堕。指月亮西沉。望穷烟浦,数星渔火。作者因《马关条约》事,上本弹劾李鸿章,言词激烈,引起慈禧与李鸿章的不满,为避祸而乞假南归,处境十分危险,如同系巢于苕的鸠一样,即欲安居山中亦不可能。感时抚己,写成此词。

鹧鸪天·即事　（清）文廷式

劫火何曾燎一尘,似指甲午战争。侧身《诗·大雅·云汉》:“遇灾而惧,侧身修行。”人海又翻新。闲拈寸砚磨砻世,韩愈《答吕医山人书》:“以吾子自山出,有朴茂之厚意,恐未磨砻以世事。”磨砻,磨练也,切磋也。醉折繁花点勘点笔作记,然后校勘。意谓研究。春。

闻柝夜,警鸡晨,重重宿雾锁重闉。闉读因,平声。重闉,重重城门。堆盘买得迎年菜,但喜红椒一味辛。

题兰史独立图　（清）丘逢甲

举国睡中呼不起,先生高处画能传。黄人尚昧合群理,诗界差存自主权。胸有千秋哀古月,眼穷九点哭齐烟。与君同此苍茫况,隔海相望更惘然。

临江仙　（清）桂念祖

落尽红英千点,愁攀绿树千条。云英消息隔蓝桥。云英，裴铏《传奇》中仙女，与秀才裴航相遇于蓝桥。袖间古今泪，心上往来潮。　　懊恼寻芳期误，更番怀远诗敲。灵风梦雨自朝朝。酒醒春色暮，歌罢客魂消。全词照顾回护，情致密迩。首句“红英千点”，与结尾处“春色暮”呼应；“消息隔蓝桥”与“寻芳期误”掩映；“古今泪”、“往来潮”与“灵风梦雨”印证；“怀远”与“客魂”衬托，重而不犯，反有一唱三叹之妙。

（五）音乐

一、琴　瑟

山夜调琴　　(唐)王　绩

促轸读枕，上声。弦乐器系弦线的小柱。乘明月，抽弦拔弦。对白云。从来山水韵，不使俗人闻。吕才《东皋子集序》云："(王绩)雅善鼓琴，加减旧弄，作《山水操》为知音者所赏。"

听蜀僧濬弹琴　　(唐)李　白

蜀僧抱绿绮，西下峨眉峰。为我一挥手，如听万壑松。琴曲有《风入松》。客心洗流水，余响入霜钟。《中山经》：半山有九钟焉，霜降则钟鸣。不觉碧山暮，秋云暗几重。

(近代)俞陛云：此诗前半首，质言之，惟蜀僧为弹琴一语耳。学作诗者，仅此一语，欲化作四句好诗，几不知从何下笔。试观其起句，言蜀僧抱古琴，自峨眉而下，已有"入门下马气如虹"之慨。紧接三、四句，如河出龙门，一泻千里。以松涛喻琴声之清越，以"万壑松"喻琴声之宏远，句法动荡有势。五句言琴之高妙，闻者如流水洗心，乃赋听琴之正面。六句以"霜钟"喻琴，同此清迥，不以俗物为譬，乃赋听琴之尾声。收句听琴心醉，不觉山暮云深，如闻韶忘肉味矣。——《诗境浅说》

听弹琴　　（唐）刘长卿

泠泠七弦上，静听松风寒。古调虽自爱，今人多不弹。

省试湘灵鼓瑟　　（唐）钱 起

善鼓云和瑟，常闻帝子灵。冯夷空自舞，楚客不堪听。苦调凄金石，清音入杳冥。苍梧来怨慕，白芷动芳馨。流水传湘浦，悲风过洞庭。曲终人不见，江上数峰青。《旧唐书·钱徽传》："起能五言诗。初从乡荐，寄家江湖，尝于客舍月夜独吟，遽闻人吟于庭曰'曲终人不见，江上数峰青'。起愕然，摄衣视之，无所见矣，以为鬼怪，而志其一十字。起就试之年，李暐所试《湘灵鼓瑟》诗题中有'青'字，起即以鬼谣十字为落句，暐深嘉之，称为绝唱。"

（宋）葛立方：唐朝人士以诗名者甚众，往往因一篇之善，一句之工，名公先达为之游谈延誉，遂至声闻四驰。"曲终人不见，江上数峰青。"钱起以是得名。——《韵语阳秋》

（清）陆次云：真神助语，湘灵有灵。——《五朝诗善鸣集》

（清）朱之荆：结自有神助，亦先有"湘浦"、"洞庭"二句，故接"曲终"、"江上"，觉缥缈超旷，云烟万状，吾谓此四句皆神助也。至"流水"、"悲风"，原系曲名，紧接"曲终"，真是神来之笔。——《增订唐诗摘钞》

（清）吴乔：钱起亦天宝人，而《湘灵鼓瑟》诗，虽甚佳而气象萧瑟。——《围炉诗话》

（清）蒋鹏翮：先虚描二句，即点明题之来历，最工稳（首四句下）。○结得渺然，题境方尽。"曲终"非专指既终后说，盖谓自始至终，究竟

但闻其声，未见其形，正不知于何来于何往，一片苍茫，杳然极目而已。题外映衬，乃得题妙，此为入神之技。——《唐诗五言排律》

冬夜陪丘侍御先辈，听崔校书弹琴　（唐）杨巨源

雪满中庭月映林，谢家幽赏在瑶琴。楚妃波浪天南远，蔡女烟沙漠北深。顾盼何曾因误曲，殷勤终是感知音。若将雅调开诗兴，未抵丘迟一片心。先安“幽赏在”三字，便是其夜相集，不必定是弹琴，而校书心眼与雪月映发，不觉欲弹琴也。只加三字，便令事既幽深，人复高淡，并丘侍御都无俗气，此皆琴意也。○“楚妃”、“蔡女”则是二琴操。

李西川荐琴石　（唐）柳宗元

远师邹忌鼓鸣琴，《史记·田敬仲世家》：“邹忌子以鼓琴见威王。”去和南风惬舜心。《孔子家语》：“舜作五弦之琴，以歌南风。”从此他山千古重，殷勤曾是奉徽音。徽音，美音也。

送琴客之建康　（唐）陆龟蒙

蕙风衫露共泠泠，三峡寒泉漱玉清。君到南朝访遗事，柳家双锁旧知名。

荆南席上咏胡琴妓二首　（五代）王仁裕

红妆齐抱紫檀槽，一抹朱弦四十条。湘水凌波惭鼓瑟，秦楼明月罢吹箫。寒敲白玉声偏婉，暖逼黄莺语自娇。丹禁旧臣来侧耳，骨清神爽似闻韶。

玉纤挑落折冰声，散入秋空韵转清。二五指中句塞雁，十三弦上啭春莺。谱从陶室偷将妙，曲向秦楼写得成。无限细腰宫里女，就中偏惬楚王情。

戏赠田辨之琴姬　（北宋）苏　轼

流水随弦滑，清风入指寒。坐中有狂客，莫近绣帘弹。李龟年在岐王宅，闻绣帘内弹琴，曰此秦声，良久又曰此楚声。王入问，果然。

听武道士弹贺若　（北宋）苏　轼

清风终日自开帘，凉月今宵肯挂檐。琴里若能知贺若，贺若，琴操名。《诗话总龟》："世传琴曲宫声大小调，皆隋唐贺若弼制，最妙。"诗中定合爱陶潜。

次韵子由以诗见报编礼公,借雷琴,记旧曲

(北宋)苏　轼

琴上遗声久不弹,琴中古义本长存。苦心欲记常迷旧,信指如归自着痕。应有仙人依树听,空教瘦鹤舞风骞。谁知千里溪堂夜,时引惊猿撼竹轩。

清平乐·听杨姝琴　　(北宋)李之仪

殷勤仙友。劝我千年酒。一曲履霜谁与奏?邂后麻姑妙手。　　坐来休叹尘劳。相逢难似今朝。不待亲移玉指,自然痒处都消。

鹧鸪天·徐衡仲惠琴不受　　(南宋)辛弃疾

千丈阴崖百丈溪。孤桐枝上凤偏宜。玉音落落虽难合,横理庚庚定自奇。黄庭坚《听摘阮歌》:"玄璧庚庚有横理。"　人散后,月明时。试弹幽愤泪空垂。不如却付骚人手,留和南风解愠诗。《汉书·文帝纪》:"代王报太后,计犹豫未定,卜之,兆得大横。占曰:'大横庚庚,余为天王,夏启以光。'"服虔注曰:"庚庚,横貌也。"

咏小忽雷二首 小忽雷，胡琴也。唐韩晋公手制。为内侍郑中丞旧物。

（清）孔尚任

古塞春风远，空营夜月高。将军多少恨，须是问檀槽。

中丞唐女部，手底旧双弦。内府歌筵罢，凄凉九百年。

听　琴　（清）刘大櫆

香台初上日，檐铎受风微。好友不期至，僧庐同叩扉。弹琴向佛坐，余响入云飞。余亦忘言说，乌栖犹未归。

媚雅邀女弟子集寓楼为琴会，属余赋诗

（清）潘飞声

瑶阃星妃借绮筵，酒酣联袂拂冰弦。琴弹神雪灵香曲，人在华鬘色界天。邂逅银笺留小字，飘零金缕惜芳年。不因槎泛来蓬岛，那得移情听水仙。

二、琵　琶

曹　刚　（唐）刘禹锡

大弦嘈囋小弦清，喷雪含风意思生。一听曹刚弹《薄媚》，人生不合出京城。瞿蜕园《笺证》按：《乐府杂录》云“贞元中，王芬、曹保、保子善才、其孙曹刚皆习所艺，次有裴兴奴，与刚同时。曹善运拨若风雨而不事扣弦，兴奴长于拢撚，时人谓曹刚有右手，兴奴有左手。武宗初，朱崖李太尉有乐吏廉郊者，师于曹刚，尽刚之能”。白居易有《听曹刚琵琶兼示重莲》诗云“拨拨弦弦意不同，胡啼番语两玲珑。谁能截得曹刚手，插向重莲衣袖中”。薛逢亦有《听曹刚弹琵琶》诗云“禁曲新翻下玉都，四弦枨触五音殊。不知天上弹多少，金凤衔花尾半无”。

冯小怜　（唐）李　贺

湾头见小怜，冯小怜，齐后宫之宠姬，善琵琶。请上琵琶弦。破得春风恨，今朝值几钱。裙垂竹叶带，鬓湿杏花烟。玉冷红丝重，谓以玉饰鞭而嫌其冷，以红丝饰鞭而嫌其重也。写其娇弱之状。齐宫妾驾鞭。

宋叔达家听琵琶　　(北宋)苏　轼

数弦已品龙香拨，以龙香板谓拨也。郑嵎《津阳门》诗："玉奴琵琶龙香拨。"半面犹遮凤尾槽。弦乐器上架弦的凹格子称槽。新曲从翻玉连锁，曲名。旧声终爱郁轮袍。亦琵琶曲名。梦回只记归舟字，李生梦中听一女子奏乐，而乐器上有"天际识归舟"字，后娶妻，极似梦中女子，见其所带乐器亦有"天际识归舟"字。见《太平广记》。赋罢双垂紫锦绦。何异乌孙送公主，碧天无际雁行高。

诉衷情·琵琶女　　(北宋)苏　轼

小莲初上琵琶弦。弹破碧云天。分明绣阁幽恨，都向曲中传。　　肤莹玉，鬓梳蝉。绮窗前。素娥今夜，故故随人，似斗婵娟。

减字木兰花·琵琶　　(北宋)苏　轼

空床响琢。花上春禽冰上雹。醉梦尊前。惊起湖风入坐寒。　　转关镬索，皆古乐府琵琶曲名。春水流弦霜入拨。月堕更阑，更请宫高皆乐音名，此指曲调。奏独弹。此词状琵琶声纯以取喻见胜。把看不见的乐声化为具体可感的形象。

菩萨蛮·双韵赋摘读惕，入声。奏也。阮　　(南宋)辛弃疾

阮琴《晋书·阮咸传》："妙解音律，善弹琵琶。"斜挂香罗绶。玉纤初试琵琶手。桐叶雨声干。真珠落玉盘。白居易《琵琶行》："大珠小珠落玉盘。"　朱弦调未惯。笑倩春风黄庭坚《次韵答曹子方杂言》："侍儿琵琶春风手。"伴。莫作别离声。且听双凤鸣。

贺新郎·听琵琶　　(南宋)辛弃疾

凤尾龙香拨，自开元、霓裳曲罢，几番风月？暗指北宋的繁华盛世，而"霓裳曲罢"，则国运衰微，动乱开始。借唐说宋，发端即点到主题而不露形迹，可谓入胜之笔。最苦浔阳江头客，画舸亭亭待发。记出塞、黄云堆雪。马上离愁三万里，望昭阳、宫殿孤鸿没。姜夔《疏影》："昭君不惯胡沙远，但暗忆江南江北。"与此词同意。伤二帝蒙尘，后妃沦落胡地以昭君托喻。弦解语，恨难说。　辽阳驿使音尘绝。琐窗寒、轻拢慢撚，泪珠盈睫。推手含情还却手，一抹梁州哀彻。千古事、云飞烟灭。贺老定场无消息，想沉香亭北繁华歇。弹到此，为呜咽。贺老即贺怀智，开元、天宝间琵琶高手。元稹《连昌宫词》："夜半月高弦索鸣，贺老琵琶定场屋。""贺老定场"既无消息，则"沉香亭北倚栏干"的贵妃面影当然也不可见，这"凤尾龙香拨"的琵琶亦无主也。此词豪放而兼俊美，所谓"肝肠似火，面目如花"者。

(明)陈霆：辛稼轩词，或议其多用事，而欠流便。予览其《琵琶》一

词，则此论未足凭也。《贺新郎》云（略）此篇用事最多，然圆转流丽，不为事所使，称是妙手。——《渚山堂词话》

（明）卓人月：白玉蟾自称香山九世孙，再作《琵琶行》于亭下，二白一辛，三分千古，不怕星霜磨老。——《古今词统》

（清）周济：（“记出塞”句）言谪逐正人，以致离乱；（“辽阳”句）言宴安江沱，不复北望。——《宋四家词选》

（清）许昂霄：（“凤尾”三句）贵妃琵琶以龙香板为拨，以逻沙檀为槽，有金缕红纹，蹙成双凤，故东坡诗云：“数弦已品龙香拨，半面犹遮凤尾槽。”——《词综偶评》

（清）陈廷焯：稼轩词，于雄莽中别饶隽味。如“马上离愁三万里，望昭阳宫殿孤鸿没”。又“休去倚危栏，斜阳正在，烟柳断肠处”。多少曲折，惊雷怒涛中，时见和风暖日，所以独绝古今，不容人学步。〇又云：此词运典虽多，却一片感慨，故不嫌堆垛。心中有泪，故笔下无一字不呜咽。——《白雨斋词话》

枕烟亭听白生白璧双，名珏，苏州人。琵琶称第一手。琵琶四首

（清）邓汉仪

寒日林园尊酒陈，琵琶急响似西秦。赤眉铜马千秋恨，谱入鹍弦最感人。

北极诸陵黯落晖，南朝流水照青衣。都将写入霓裳里，弹向空园雪乱飞。时正雨雪。北极谓崇祯殉国，南朝谓弘光降清。

白狼山下白三郎，酒后偏能说战场。飒飒悲风飘瓦砾，人间何处不昆阳。

天宝传头竟属谁？四条弦子断肠时。蛮靴窄袖当垆女，今日公然识段师。沈德潜《清诗别裁集》云："盗贼纵横，沧桑变易，俱于琵琶中弹出，与落花时节逢李龟年相似，所感深矣。"

听白生弹琵琶八首(录四首)　　(清)陈维崧

玉熙宫外缭垣平，卢女门前野草生。一曲红颜数行泪，江南祭酒不胜情。

十载伤心梦不成，五更回首路分明。依稀寒食秋千影，帘幙重重听此声。

纵酒狂歌总绝伦，曾将薄艺傲平原。江南江北千余里，能说兴亡剩此人。

醉抱琵琶诉旧游，秃衿矫帽脱梢头。莫言此调关儿女，十载夷门解报仇。

摸鱼儿　　(清)陈维崧

家善百即陈善百。自崇川来，小饮冒巢民昌襄号巢民。先生堂中。闻白生璧双白珏，字璧双，明末清初琵琶演奏家。亦在河下，喜甚，数使趣同促。之。须臾，白生抱琵琶至，拨弦按拍，宛转作陈、

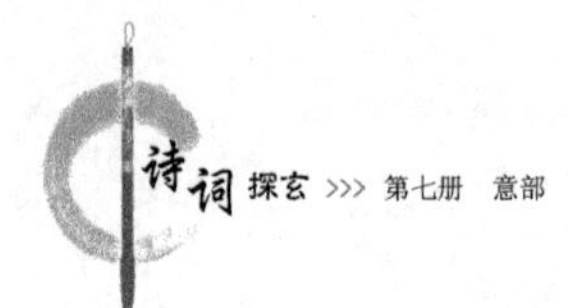

隋数弄，顿尔至致。达到某种境界。余亦悲从中来，并不自知何以故也。别后寒灯孤馆，雨声萧槭，凄凉。漫赋此词。时漏下已四鼓矣。

是谁家、本师绝艺？檀槽搯读滔，平声。轻轻叩击。得如许。半弯逻逤木名。无情物，惹我伤今吊古。君何苦。君不见、青衫已是人迟暮。江东烟树。纵不听琵琶，也应难觅，珠泪曾干处。　　凄然也，恰似秋宵掩泣，灯前一对儿女。忽然凉瓦飒读萨，入声。大风吹物。然飞，千岁老狐人语。浑无据。君不见、澄心澄心堂，南唐后主李煜宴居之所。结绮南朝陈后主陈叔宝建造的殿阁。皆尘土。两家后主。为一两三声，也曾听得，撇却家山指南朝陈和五代南唐两朝的江山。去。

三、笙　箫　笛

塞上听吹笛　（唐）高适

雪尽胡天牧马还，月明羌笛戍楼间。借问梅花何处落，风吹一夜满关山。

(明)唐汝询：落梅足起游客之思，故闻笛者每兴味。——《唐诗解》

(清)黄生："间"读作"闲"始妙。因大雪胡马远去，故戍楼得闲，二语始唤应有情。同用落梅事，太白"黄鹤楼中吹玉笛，江城五月落梅花"是直说硬说，此二句是婉说巧说，彼老此趣。——《唐诗摘钞》

(近代)朱宝莹：题为"听吹笛"，首句从吹笛者起，则"听"字方有根。二句楼上自萧条，海月自闲，故听得吹笛之声。而"听"字又有着落(按此诗首联一作"胡人吹笛戍楼间，楼上萧条海月闲")。三句从"听"转，四句发之，纯写听字之神。凡下字最要斟酌，如末句下"关山"二字，并上"借问落梅凡几曲"，句亦切题矣。若易以"江城"二字，便是黄鹤楼听吹笛诗。——《诗式》

观胡人吹笛　(唐)李　白

胡人吹玉笛，一半是秦声。十月吴山晓，梅花落敬亭。愁闻出塞曲，泪满逐臣缨。却望长安道，空怀恋主情。

(元)萧士赟：太白放逐之余，眷恋宗国之意随寓而发，观此诗末二句，概可见矣。——《分类补注李太白诗》

(明)桂天祥：格韵散逸，唐诸公所未到。——《批点唐诗正声》

(明)许学夷：或问"太白五七言律，较盛唐诸公何如?"曰，盛唐诸公本在兴趣，故体多浑圆，语多活泼；太白才大兴豪，于五七言律太不经意，故每失之于放，盖过而非不及也。五言如"岁落众芳歇"、"燕支黄叶落"、"胡人吹玉笛"，七言如"久辞荣禄遂初衣"等篇，斯得中耳。世谓太白短于律，故表明之。——《诗源辩体》

春夜洛城闻笛　（唐）李　白

谁家玉笛暗飞声，散入春风满洛城。此夜曲中闻折柳，何人不起故园情。

（清）朱之荆："满"从"散"来，"散"从"飞"来，用字细甚。妙在"何人不起"四字，写得万方同感，百倍自伤。——《增订唐诗摘钞》

（清）黄叔灿："散入"二字妙，领得下二句起。通首总言笛声之动人。"何人不起故园情"，含着自己在内。——《唐诗笺注》

（近代）朱宝莹：此首闻笛与前首听笛（按指《与史郎中饮听黄鹤楼吹笛》）异。听笛者知在黄鹤楼上，故有心听之也；闻笛者不知何处，无意闻之也。开首"谁家"二字起"闻"字，"暗"字起"夜"字，"飞声"二字起"闻"字。二句"散"字、"满"字写足"闻"字之神。三句点"夜"字，便转闻笛感别，有故国之情。曰何人，即己亦在内，不必定指自己。正诗笔灵活处。——《诗式》

金陵听韩侍御吹笛　（唐）李　白

韩公吹玉笛，倜傥流英音。风吹绕钟山，万壑皆龙吟。王子停凤管，师襄掩瑶琴。《孔子家语》："孔子学琴于师襄子，襄子曰：'吾虽以击磬为官，然能于琴。'"余韵渡江去，天涯安可寻。

与史郎中钦听黄鹤楼上吹笛　（唐）李　白

一为迁客去长沙，西望长安不见家。黄鹤楼中吹玉笛，江城五月落梅花。

(明)谢榛：作诗有三等语，堂上语、堂下语、阶下语，知此三者可以言诗矣。凡上官临下官，动有昂然气象，开口自别。若李太白"黄鹤楼中吹玉笛，江城五月落梅花"，此堂上语也。——《四溟诗话》

(清)黄生：前思家，后闻笛，前后两截，不相照顾，而因闻笛益动乡思，意自联络于言外。意与《洛城下》同，此首点题在后，法较老。——《唐诗摘钞》

闻　笛　(唐)张　巡

岧荛试一临，虏骑俯城阴。不辨风尘色，安知天地心。营开边月近，战苦阵云深。旦夕更楼上，遥闻横笛音。此张巡在睢阳被围时作也。

(明)叶羲昂：聚成一片，流出真诗，只一结句闻笛，觉上数语皆闻笛矣。——《唐诗直解》

(清)沈德潜：三、四言不识风尘之愁惨，并不知天意之向背，非一开一合语也。宋贤谓伯夷、叔齐欲与天意违拗，正复相合。——《唐诗别裁集》

吹　笛　(唐)杜　甫

吹笛秋山风月清，谁家巧作断肠声。风飘律吕相和切，月傍关山几处明。胡骑中宵堪北走，《世说新语》：刘越石为胡骑围数重，乘月登楼清啸，贼闻之凄然长叹。中夜奏胡笳，贼皆流涕，人有怀土之思。向晓又吹之，贼并弃围奔走。**武陵一曲想南征。**《古今注》："《武陵深》乃马援南征之所作也，援门生爰寄生善吹笛，援作歌以和之名曰武陵深。"**故园杨柳今摇落，何得愁中却尽生。**赵大钢曰："笛曲有《折杨柳》故翻其意作结。谓故园杨柳，至秋摇落，今何得复生而可折乎？盖设为怪叹之辞，以深致思乡之感，此则公之所为断肠者也。"

(元)方回：慷慨悲怨，自是一种风味。李太白谓"江城五月落梅花"，此亦以指杨柳，盖笛中有此二曲也。——《瀛奎律髓汇评》

(明)袁宏道：出"风月"二字，分应首句。见其声能断肠，应第二句。"愁中"字亦与断肠相应。——《唐诗训解》

(明)王嗣奭：三、四顶"风月"来，五、六顶断肠来。束语说到自家；而"杨柳摇落"亦根"秋风"，"愁中"亦根"断肠"，此章乃诗律之最细者。——《杜臆》

(清)浦起龙：三、四，分承风月，以申"巧作"……五、六，用古而印合寇乱，而"北走"、"南征"，又即"断肠"之一证也。七、八翻古而感切家乡，而"摇落"、"尽生"，却与"秋"字呼应也。句句咏物，笔笔写意，格法又出一奇。"却尽生"似拙。——《读杜心解》

(清)查慎行：五、六虚处传神。——《瀛奎律髓汇评》

(清)纪昀："风"、"月"分承，法本云卿《龙池篇》。○五、六妙切时事、不比"昆体"之排比故实。○纯以风调胜，在杜集又是一格，故前人疑非杜公作。——同上

(清)许印芳："风"、"月"分承不为复。"山"字、"中"字俱犯复。——同上

秋　笛《杜诗镜铨》："此塞上闻笛，有感征人而发。"　　(唐)杜　甫

清商欲尽奏，宋玉《笛赋》："吹清商，发流徵。"**奏苦血沾衣。他日伤心极，征人白骨归。**《杜诗镜铨》："言笛本欲闻其尽奏，然方

秋时，商音悽怆，易动哀思，若又惟恐其尽奏者，以此间惨景，本触目伤心故也。”

相逢恐恨过，故作发声微。不见秋云动，悲风稍稍飞。

《韩非子》：“师旷奏清徵，有玄云从西北方起，再奏之，大风至。”朱注：言笛声虽微，其悲犹感入风云，况可尽奏乎。

听邻家吹笙　(唐)郎士元

凤吹声如隔彩霞，不知墙外是谁家。重门深锁无寻处，疑有碧桃千树花。

(清)黄生：诗人每以碧桃为仙家事，此盖以王子(乔)吹笙拟之。许浑《缑山庙》“王子求仙月满苔，玉笙清转鹤徘徊。曲终飞去不知处，山下碧桃无数开”。又有《登洛阳故城》“可怜缑岭登仙子，犹自吹笙醉碧桃”。——《唐诗摘钞》

山阁闻笛　(唐)羊士谔

临风玉管吹参差，山坞春深日又迟。李白桃红满城郭，马融闲卧望京师。

秋夜安国观闻笙　(唐)刘禹锡

织女分明银汉秋，桂枝梧叶共飕飗。月露满庭人寂寂，霓裳一曲在高楼。

窦夔州见寄，寒食日忆故姬小红吹笙，因和之

（唐）刘禹锡

鸾声窈眇管参差，清韵初调众乐随。幽院妆成花下弄，高楼月好夜吹时。忽惊暮槿飘零尽，惟有朝云梦想期。闻道今年寒食日，东山旧路独行迟。

寄澧州张舍人笛　（唐）杜　牧

发匀肉好生春岭，截玉钻星寄使君。檀的谓指甲深红。染时痕半月，半月，景星也。见《宋书·符瑞志》。落梅飘处响穿云。楼中威凤倾冠听，沙上惊鸿掠水分。马融《笛赋》："状似流水，又像飞鸿。"遥想紫泥封诏罢，夜深应隔禁墙闻。

江楼月夜闻笛　（唐）刘　沧

南浦蒹葭疏雨后，未闻笛前。写闻，必先写未闻笛前之时。寂寥横笛怨江楼。写笛。不言到江楼，而言怨江楼。思飘明月浪花白，写笛之远。声入碧云枫叶秋。写笛之高。此写闻笛者怨，而非吹笛者怨也。河汉夜阑孤雁度，潇湘水阔二妃愁。此二句闻笛之后。"河汉"仰"潇湘"俯；"雁度"是己之欲归；"妃愁"是家中人之忆己也。发寒衣湿曲初罢，露色河光生钓舟。"发寒"、"衣湿"者言夜夜坐甚久也。

月　夕　(五代)僧贯休

霜月夜徘徊，楼中羌笛催。晓风吹不尽，江上落残梅。

(明)杨慎：休在晚唐有名。此首有乐府声调，虽非僧家本色，亦犹惠休之"碧云"也。——《升庵诗话》

(近代)俞陛云：释贯休闻笛诗云"霜月夜徘徊(略)"。同是风前闻笛，太白诗(指《春夜洛阳闻笛》)有磊落之气，贯休诗得蕴藉之神。大家、名家之别，正在虚处会之。——《诗境浅说续编》

题　笙　(唐)罗　邺

筠管参差排凤翅，月堂凄切胜龙吟。最宜轻动纤纤玉，醉送当观滟滟金。缑岭独能征妙曲，嬴台相共吹清音。好将宫徵陪歌扇，莫遣新声郑卫侵。

江　上　(北宋)王安石

江水漾西风，江花脱晚红。离情被横笛，吹过乱山东。

水龙吟·赠赵晦之吹笛侍儿　（北宋）苏 轼

楚山修竹如云，异材秀出千林表。龙须半剪，凤膺微涨，玉肌匀绕。木落淮南，雨晴云梦，月明风嫋。自中郎不见，桓伊去后，知辜负、秋多少。　闻道岭南太守，后堂深、绿珠娇小。绮窗学弄，梁州初遍，霓裳未了。嚼徵含宫，泛商流羽，一声云杪。为使君洗尽，蛮风瘴雨，作霜天晓。

（宋）孔平仲：朝士赵昶有两婢，善吹笛。知藤州日，以丹砂遗子瞻，子瞻以蕲笛报之，并有一曲，其词甚美，云“木落淮南，雨晴云梦，日斜风袅”。又云“自桓伊不见，中郎去后，知辜负，秋多少”。断章云“为使君洗尽，蛮风瘴雨，作霜天晓”。昶曰“子瞻骂我矣”。昶，南雄州人，意谓子瞻以蛮风讥之。——《谈苑》

（宋）张端义：东坡《水龙吟》笛词八字谥，“楚山修竹如云，异材秀出千林表”，此笛之质也。“龙须半剪，风膺微涨，玉肌云绕”，此笛之状也。“木落淮南，雨晴云梦，月明风嫋”，此笛之时也。“自中郎不见，将军去后，知辜负、秋多少”，此笛之事也。“闻道岭南太守，后堂深、绿珠娇小”，此笛之人也。“绮窗学弄，凉州初试，霓裳未了”，此笛之曲也。“嚼徵含宫，泛商流羽，一声云杪”，此笛之音也。“为使君洗尽，蛮烟瘴雨，作霜天晓”，此笛之功也。五音已用其四，乏一“角”字，“霜天晓”歇后一“角”也。——《贵耳集》

（宋）张侃：孙仲益为锡山费茂和说苏文忠公《水龙吟》曲尽咏笛之妙。其词曰“楚山修竹如云，异材秀出千林表”，笛之地也。“龙须半剪，凤膺微涨，绿肌匀绕”，笛之材也。“木落淮南，雨晴云梦，月明风袅”，笛之时也。“自中郎不见，桓伊去后，知辜负、秋多少”，笛之怨也。“闻道岭南太守，后堂深，绿珠娇小”，笛之人也。“绮窗学弄，梁州初遍，霓裳未老”,笛之曲也。“嚼徵含宫,泛商流羽,一声云杪”,笛之声也。“为使君洗尽,蛮烟瘴雨,作霜天晓”,笛之功也。予恐仲益用苏文忠读锦瑟诗,以释《水龙吟》耳。——《拙轩集》

(清)沈雄:结句如《水龙吟》之“作霜天晓”、“系斜阳缆”,亦是一法。……紧要处,前结如奔马收缰,须勒得住,又似住而未住;后结如众流归海,要收得尽,又似尽而不尽者。——《古今词话》

水调歌头·癸卯(1243)八月十七日,逆旅平阳,宋政和间升晋州为平阳府,治所在临汾(今属山西)。夜闻笛声,有感而作

(金)段克己

乱云低薄暮,微雨洗清秋。凉蟾乍飞破镜,浮云掩映下的月亮。倒影入南楼。水面金波滟滟,帘外玉绳星名。低转,玉绳低转,谓夜已深。苏轼《铜仙歌》:“夜已三更,金波淡,玉绳低转。”河汉截天流。桂子堕无迹,爽气袭征裘。　广寒宫,在何处,可神游?一声羌读腔,平声。管谁弄,吹彻曲终称彻。古梁州。古代西域曲名。月自于人无意,人被月明催老,今古共悠悠。壮志久寥落,不寐数更筹。此词上片写月,下片写笛。月与笛互相照映,向来关系密切。李益《夜上受降城闻笛》:“回乐峰前沙似雪,受降城外月如霜。不知何处吹芦管,一夜征人尽望乡。”范仲淹《渔家傲》:“羌管悠悠霜满地,人不寐,将军白发征夫泪。”

夜雨闻箫　(明)叶小鸾(女)

纱窗徙倚倍无聊,香烬熏炉懒更烧。一缕箫声何处弄,隔帘微雨湿芭蕉。作者江苏吴县人,诗人叶绍袁、沈宜修之幼

女，从小好学，博览诗书，兼通琴棋书画，可惜十七岁即病故。

夜坐闻笛　（清）吴琼仙（女）

妆楼风影夜萧萧，检点牙签倦欲抛。何处一声长笛起，隔帘吹月上花梢。

四、其　他

闻邻家理筝　（唐）徐安贞

北斗横天夜欲阑，愁人倚月思无端。忽闻画阁秦筝逸，知是邻家赵女弹。曲成虚忆青蛾敛，调急遥怜玉指寒。银锁重关听未辟，不如眠去梦中看。“曲成”、“调急”是所闻之筝，“青娥”、“玉指”是理筝之人。没有四句“赵女”，便没有以下文字。“虚忆”、“遥怜”，才有以下“不如眠去”。同时也切题目。

听　筝　（唐）柳中庸

抽弦促柱听秦筝，无限秦人悲怨声。似逐春风知柳态，如随啼鸟识花情。谁家独夜愁灯影，何处空楼思月明。更入几重离别恨，江南歧路洛阳城。

听　筝　(唐)李　端

鸣筝金粟柱，素手玉房前。欲得周郎顾，时时误拂弦。用事非诗家所贵，如此乃佳。

(近代)俞陛云：此诗能曲写女儿心事：银筝玉手，相映生辉，尚恐未当周郎之意，乃误拂冰弦，以期一顾。……希宠、取怜，大率类此，不独因病致妍以贡媚也。——《诗境浅说续编》

听李凭弹箜篌二首　(唐)杨巨源

听奏繁弦玉殿清，风传曲度禁林明。君王听乐梨园暖，翻到云门第几声。

花咽娇莺玉漱泉，名高半在御筵前。汉王欲助人间乐，从遣新声坠九天。

和乐天南园试小乐　(唐)刘禹锡

闲步南园烟雨晴，遥闻丝竹出墙声。欲抛丹笔三川去，先教清商一部成。花木手栽偏有兴，歌词自作别生情。多才遇景皆能咏，当日人传满风城。

筝 (唐)元 稹

莫愁梁武帝《河中之水歌》："河中之水向东流，洛阳女儿名莫愁。十三能织绮，十四采桑南陌头，十五嫁与卢家妇，十六生儿似阿侯。"私地爱王昌，《襄阳耆旧传》："王昌字公伯，为东平相散骑常侍，早卒。妇，任城王曹子文女也。"夜夜筝声怨隔墙。火凤有皇求不得，春莺无伴啭空长。急挥舞破破为唐宋歌舞乐曲中的专用词。当其歌舞并作，繁声促节，破其悠长，转入繁碎，故名。白居易《卧听法曲〈霓裳〉诗》："朦胧闲梦初成后，宛转柔声入破时。"催飞燕，慢逐歌词弄小娘。李贺诗：真珠小娘下清廊。死恨相如新索妇，枉将心力为他狂。

听 筝 (唐)张 祜

十指纤纤玉笋红，雁行轻遏翠弦中。分明似说长城苦，水咽云寒一夜风。

(明)杨慎：唐世乐府，多取当时名人之诗唱之，而音调名题各异。……张祜"十指纤纤(略)"。为《氐州第一》。——《升庵诗话》

(清)周咏棠：沉至有韵。——《唐贤小三昧续集》

(清)黄叔灿："轻遏"二字形容妙。"水咽云寒一夜风"，读之吾不能知其笔墨所指，觉懊侬情味，恻恻动人。——《唐诗笺注》

弹筝人　　(唐)温庭筠

天宝年中事玉皇，曾将新曲教宁王。钿蝉钿蝉，装饰。金雁金雁，筝柱。李端诗："鸣筝金粟柱。"今零落，一曲伊州泪万行。

(明)桂天祥：时移代换，极悲处正不在弹筝者。——《批点唐诗正声》

(明)邢昉：可与中山"何戡"比肩。——《唐风定》

(近代)俞陛云：唐天宝间，君臣暇逸，歌舞升平，由极盛而逢骤变，由离乱而复收京。残余菊部，白头犹念先皇；老去词人，青琐重瞻禁苑。闻歌感旧，屡见于诗歌。如"白尽梨园弟子头"、"旧人惟有米嘉荣"、"一曲《淋铃》泪万行"、"村笛犹歌《阿滥堆》"，皆有"重闻天乐不胜情"之感；与玉溪之"金雁钿蝉"齐声一叹也。——《诗境浅说续编》

听　鼓　　(唐)李商隐

城头叠鼓声，城下暮江清。欲问渔阳掺，掺同操。渔阳掺，鼓曲名。祢衡为曹操所击之鼓曲。时无祢正平。祢衡字正平。叶葱奇《疏注》云："这是在江边闻街鼓而感兴，慨叹世上尽是奔走趋附之徒，更无像祢衡那样高才自许，笑傲王侯之人。"

(清)何焯：正为身似正平耳。——《李义山诗集辑评》

(清)姚培谦：借鼓声抒愤懑也。——《李义山诗集笺注》

(清)冯浩：此游江乡作，未定前后何时也。祢衡遇害于江夏，得毋于武昌感叹而作欤！——《玉溪生诗集笺注》

(清)纪昀：有清壮之音，以气格胜。次句着"城下暮江清"五字，倍

觉萧寥空旷，动人远想，此烘染之法。——《玉溪生诗说》

钧　天是“钧天广乐”的略语。指天上的音乐。　（唐）李商隐

上帝钧天会众灵，昔人因梦到青冥。伶伦吹裂孤生竹，孤生竹，竹之特生者。《古诗》：“冉冉孤生竹，结根太山阿。”却为知音不得听。何焯曰：“庸才贵仕皆所谓因梦到青冥也。贤者不必遇，遇者不必贤，言下慨然。”

席间咏琴客　（唐）崔　珏

七条弦上五音寒，此艺知音自古难。惟有河南房次律，始终怜得董庭兰。房次律，房琯也，董受知于房琯。

菩萨蛮　（北宋）晏幾道

哀筝一弄湘江曲，声声写尽湘波绿。纤指十三弦，细将幽恨传。　　当筵秋水慢，玉柱斜飞雁。弹到断肠时，春山眉黛低。

（明）沈际飞：“断肠”二句俊极，“一一春莺语”比美。——《草堂诗余正集》

（清）黄苏：写筝耶？寄托耶？意致却极凄惋。末句意浓而韵远，妙在能蕴藉。——《蓼园词选》

（近代）俞陛云：宋时善筝之妓，有轻轻，有伍卿，每拂指登场，座客

皆为痴立。客有赠诗者曰:"轻轻殁后便无筝,玉腕红纱到伍卿。座客满筵都不语,一行哀雁十三声。"此诗出而伍卿之名益著。——《唐五代两宋词选释》

次韵景文山堂听筝三首　(北宋)苏 轼

忽忆韩公二妙姝,琵琶筝韵落空无。犹胜江左狂灵运,空斗东昏百草须。《晋阳秋》:"谢灵运髭美,临刑,因施作南海祇洹寺维摩诘像髭。齐东昏侯与宫人斗百草,剔取灵运髭去。"

马上胡琴塞上姝,郑中丞郑中丞,唐宫人,以弹小忽雷擅名。事载《艳异编》。后有人无。诗成桦烛飘金烬,八尺英公欲燎须。英国公李勣姊早寡有疾,勣自为煮粥,火燎其须。曰:"吾与姊皆老矣,能几进之。"

荻花枫叶忆秦姝,切切幺弦细欲无。莫把胡琴挑醉客,回看霜戟褚公须。《南史·褚彦回传》:"山阴公主淫恣,窥见彦回,悦之,以白帝,帝令彦回西上阁宿。公主夜迫之,从夕至晓,彦回不为移志。公主曰:'君须髯似戟,何无丈夫意?'彦回曰:'回虽不敏,何敢首为乱阶。'"按:景文美髯,故三首皆用旧事戏之。

贺新郎·箜篌曲为良佐所亲赋　(金)元好问

赴节陆机《文赋》:"舞者赴节以投袂,歌者应弦以遣声。"金钗促。爱弦间、泠泠细雨,非琴非筑。别鹤离鸾云千里,陶潜《拟古》:"上弦惊别鹤,下弦操孤鸾。"风雨孤猿夜哭。只雌蝶、雄蜂同宿。汀树诗成归舟远，认宫眉、隐隐春山绿。歌宛转，泪盈掬。　　吴儿越女皆冰玉。恨不及、徘徊星汉，流光相属。破镜何年清辉满，寂寞佳人空谷。人世事、寻常翻覆。入塞新声愁未了，更伤心、听得江南曲。呼羯鼓，醉红烛。

闻　筝　　(明)康　海

宝靥西邻女，鸣筝傍玉台。秋风孤鹤唳，落日百泉洄。座客皆惊引，行云欲下来。不知弦上曲，清切为谁哀。

（六）歌舞

听张立本女吟 (唐)高 适

危冠广袖楚宫妆,独步闲庭逐夜凉。自把玉钗敲砌竹,清歌一曲月如霜。

即 事 (唐)杜 甫

百宝装腰带,真珠络臂韝。《汉书·马后传》:“苍头衣绿韝。”注:“臂衣以缚左右手,于事便也。”笑时花近眼,舞罢锦缠头。

扬州雨中张十宅观妓 (唐)刘长卿

夜色滞春烟,灯花拂更燃。残妆添石黛,《玉台新咏》:“南部石黛,最发双娥;北地胭脂,偏开两靥。”艳舞落金钿。掩笑频欹扇,迎歌乍动弦。不知巫峡雨,何事海西边。扬州古称海西。

与歌者何戡 (唐)刘禹锡

二十余年别帝京,重闻天乐不胜情。旧人惟有何戡在,更与殷勤唱渭城。

(清)黄叔灿:念旧人而止存何戡,乃更与殷勤歌唱,缭绕“不胜情”三字,倍多婉曲。“渭城朝雨”,别离之曲,又与上“别帝京”相映。——

《唐诗笺注》

与歌者米嘉荣　(唐)刘禹锡

唱得凉州意外声，旧人惟数米嘉荣。近来时世轻先辈，好染髭须事后生。

与歌童田顺郎　(唐)刘禹锡

天下能歌御史娘，花前月底奉君王。九重深处无人见，分付新声与顺郎。瞿蜕园《笺证》:"任半塘《教坊记笺订》云，《桂苑丛谈》载国乐妇人有永新妇，御史娘，柳青娘，皆一时之妙也。按永新妇，据王仁裕《开天遗事》为玄宗时之歌者，余二人世次如何未详。刘禹锡与歌童田顺郎诗云云，是顺郎乃御史娘之弟子，必当稚年，方能寄在九重深处，御史娘之时代当然较早，所供奉者宜为玄宗。"

听旧宫中乐人穆氏唱歌　(唐)刘禹锡

曾随织女渡天河，记得云间第一歌。休唱贞元供奉曲，当时朝士已无多。

(明)高棅：谢云，前两句言宫中之乐如在九霄，后两句谓贞元诸贤立朝尚多君子，今日与贞元不侔矣。闻贞元之乐曲，思贞元之多士，宁无伤今怀古之情乎？——《唐诗品汇》

(明)桂天祥：穆氏、何戡，二诗同体，然其隐痛极是婉曲。——《批点唐诗正声》

(明)周敬等：吴山民曰，“已无多”三字，跟“休唱”字来，有无穷之思。——《唐诗选脉会通评林》

(近代)俞陛云：诗以织女喻妃嫔，以云间喻宫禁。白头宫女如穆氏者，曾供奉掖庭，岁月不居，朝士贞元，已稀如星凤，解听《清平》旧调者能有几人？梦得闻歌诗凡三首，赠嘉荣与何戡，皆专赠歌者，此则兼有典型之感。——《诗境浅说续编》

和乐天柘枝　(唐)刘禹锡

柘枝本出楚王家，玉面添娇舞态奢。松鬟改梳鸾凤髻，新衫别织斗鸡纱。鼓催残拍腰身软，汗透罗衣雨点花。画筵曲罢辞归去，便随王母上烟霞。

柘枝妓　(唐)白居易

平铺一合锦筵开，连击三声画鼓催。红蜡烛移桃叶起，紫罗衫动柘枝来。带垂钿胯花腰重，帽转金铃雪面回。看即曲终留不住，云飘雨送向阳台。《韵语阳秋》：“柘枝舞起于南蛮诸国，而盛于李唐。得于今者，尚其遗制也。章孝标云：‘柘枝初出鼓声招，花钿罗裙耸细腰。’言当招之以鼓。张承福云：‘白雪慢回抛旧态，黄莺娇啭唱新词。’言当杂之以歌。今制亦尔。郑在得诗云：‘三敲画鼓声催急，一朵红莲出水迟。’则所用者一人而已。法振诗云：‘画鼓催来锦臂攘，小娥双起整霓裳。’则所用者又二人。按乐苑用二女童，帽施金铃，抃转有声。其来也，于二莲花中藏身，拆而后见，则当以二人为正，今或用五人，与古小异矣。”

和人听歌二首　（唐）崔珏

气吐幽兰出洞房，乐人先问调宫商。声和细管珠才转，曲度沉烟雪更香。公子不随肠万结，离人须落泪千行。巫山唱罢行云过，犹自微尘舞画梁。

红脸初分翠黛愁，锦筵歌板拍清秋。一楼春雪和尘落，午夜寒泉带雨流。座上美人心尽死，尊前旅客泪难收。莫辞更送刘郎酒，百斛明珠异日酬。

观杭州柘枝二首　（唐）张祜

舞停歌罢鼓连催，软骨纤娥暂起来。红罨画衫缠腕出，碧排方胯胯同銙，带饰也。见《白氏六帖》白居易诗："带垂细銙花腰重。"背腰来。傍收拍拍金铃摆，却踏声声锦袎《类篇》："袎袜颈也。"《国史补》："玄宗幸蜀至马嵬驿，命力士缢贵妃于佛堂前梨树下。马嵬店媪得锦袎一双，过客每一借观，必须百钱，媪因致富。"摧。看着遍头香袖褶，粉屏香帕又重隈。

画鼓拖环锦臂攘，小娥双换舞衣裳。金丝蹙雾卢肇《柘枝舞赋》："靴瑞锦以云匝，袍蹙金而雁攲。"红衫薄，银蔓垂花紫带长。鸾影乍回头并举，凤声初歇翅齐张。一时欻读戌，入声。轻举貌。腕招残拍，斜敛轻身拜玉郎。胡夔亭曰："临罢以玉腕如飙风相搅，似招残之声，盖腕舞愈急，拍声愈促，至此以拜而歇。似拜玉

郎者，指主人。”

观杨瑗柘枝　　(唐)张　祜

促叠蛮鼍引柘枝，卷檐虚帽带交垂。紫罗衫宛蹲身处，红锦靴柔踏节时。微动翠蛾抛旧态，缓遮檀口唱新词。看看舞罢轻云起，却赴襄王梦里期。

赠沈学士张歌人　　(唐)杜　牧

拖袖事当年，郎教唱客前。断时轻裂玉，收处远缲烟。孤直緪读庚，平声。粗绳索。云定，光明滴水圆。泥情迟急管，流恨咽长弦。吴苑春风起，河桥酒旆悬。凭君更一醉，家在杜陵边。

歌　舞　　(唐)李商隐

遏云歌响清，《列子》："薛谭学讴于秦青，一日辞归，青饯于郊衢，抚节悲歌，声振林木，响遏行云。"回雪舞腰轻。只要君流盼，君倾国自倾。

赠歌妓二首　　(唐)李商隐

水精如意玉连环，下蔡城危宋玉《登徒子好色赋》："嫣然一笑，惑阳城，迷下蔡。”莫破颜。此句谓但见其危，下蔡已危，若再一笑，则更不堪矣。第一句言其玲珑洁白，第二言其美艳。红绽樱桃含白雪，断肠声里唱阳关。三、四二句就其唱歌说。

白日相思可奈何，白天无法相访。严城清夜断经过。夜间更难往来。只知解道春来瘦，不道春来独自多。你只知我春来瘦，何不说我春来多半只身独处呢！

闻　歌　（唐）李商隐

敛笑凝眸意欲歌，写将歌未歌神态。高云不动碧嵯峨。形容歌声响遏行云。这二句纯用傍衬烘托之笔。铜台罢望归何处，用曹操铜雀台事。玉辇忘归事几多。《拾遗记》：“西王母与周穆王欢歌既毕，乃命驾升云而去。”青冢路边南雁尽，《大清一统志》：青冢在归化城，即今呼和浩特市。细腰宫里北人过。“细腰宫”指楚；“北人过”，指秦人入郢事。三至六句各有关连，却又妙不沾滞。此声肠断非今日，总结上四句，引起下一句来作收。有承前启后的作用。香灺灯光奈尔何。《世说新语·任诞》：“桓子野（桓伊）每闻清歌，辄唤奈何。谢公（安）闻之曰：‘子野可谓一往有深情。’”“香灺灯光”言兰膏将尽的灯光。灺读写，上声。

赠解诗歌人　（唐）薛　能

同有诗情自合亲，不须歌调更含嚬。朝天御史非韩寿，莫窃香来带累人。

赠歌者　　(唐)薛　能

一字新声一颗珠，转喉疑是击珊瑚。听时坐部音中有，唱后樱花叶底无。《洞冥记》："丽娟于芝长殿唱回风之曲，庭中花皆翻落。"汉浦蔑闻虚解佩，临邛焉用枉当垆。谁人得向青楼宿，便是仙郎不是夫。

席上贻歌者　　(唐)郑　谷

花月楼台近九衢，清歌一曲倒金壶。座中亦有江南客，莫向春风唱鹧鸪。

(明)敖英等：宋人有诗云"莫向沙边弄明月，夜深无数采珠人"。与此诗俱以顾忌相戒。——《唐诗绝句类选》

(清)翁方纲：郑都官以《鹧鸪》诗得名，此诗殊非高作，何以得名于时？郑又有《贻歌者》云"坐中亦有江南客，莫向春风唱鹧鸪"。此虽浅，然较彼咏《鹧鸪》之七律却胜。——《石洲诗话》

(近代)俞陛云：李白越中诗"宫女如花满春殿，至今惟有鹧鸪飞"。郑谷赠歌者诗"座中亦有江南客，莫向春风唱鹧鸪"。因其凄音动人，故怀古思乡，易生惆怅也。——《诗境浅说》

又云：声音之道，最易感人。昔人诗若"此夜曲中闻折柳，何人不起故园情"、"横笛偏吹行路难，一时回首月中看"等句，孤客异乡，每易生感，此诗亦然。听歌纵酒，本以排遣客愁；丁宁歌者，勿唱《鹧鸪》江南之曲，动我乡思，正见其乡心之深切也。——《诗境浅说续编》

凤栖梧　　(北宋)柳 永

帘下清歌帘外宴。虽爱新声,不见如花面。牙板数敲珠一串,梁尘暗落琉璃盏。　　桐树花深孤凤怨。渐遏遥天,不放行云散。座上少年听不惯。玉山未倒肠先断。

天仙子·观舞　　(北宋)张 先

十岁手如芽子笋。固爱弄妆偷傅粉。金蕉并为舞时空,红脸嫩。轻衣褪。春重日浓花觉困。　　斜雁轧弦随步趁。小凤累珠光绕鬓。密教持履恐仙飞,催拍紧。惊鸿奔。风袂飘摇无定准。

减字木兰花　　(北宋)张 先

垂螺螺形发髻。近额。走上红裀初趁拍。只恐轻飞,拟倩游丝惹住伊。　　文鸳绣履。去似杨花尘不起。舞彻伊州。头上宫花颤未休。

(清)陈廷焯:子野词最为近古,耆卿而后声色大开,古调不复弹兮。——《词则》

减字木兰花　　(北宋)欧阳修

歌檀敛袂。缭绕雕梁尘暗起。柔润清圆。百琲明珠一线穿。　　樱唇玉齿。天上仙音心下事。留往行云。满坐迷魂酒半醺。

南歌子　　(北宋)苏　轼

云鬓裁新绿,霞衣曳晓红。待歌凝立翠筵中。一朵彩云何事、下巫峰。　　趁拍鸾飞镜,回身燕漾空。莫翻红袖过帘栊,怕被杨花勾引、嫁东风。

如梦令　　(南宋)辛弃疾

韵胜仙风飘缈,的皪娇波宜笑。串玉一声歌,占断多情风调。清妙,清妙,留住飞云多少。

舞　　(南宋)姜　夔

灯已阑珊月色寒,舞儿往往夜深还。只因不尽婆娑意,更向街心弄影看。

清平乐·赠陈参议师文侍儿　　（南宋）刘克庄

宫腰束素。只怕能轻举。好筑避风台护取。莫遣惊鸿飞去。　　一团香玉温柔。笑颦俱有风流。贪与萧郎眉语，不知舞错伊州。

（清）沈雄："贪与萧郎眉语，不知舞错伊州。""除是无身方了，有身常有闲愁。"此后村悟语也。杨慎谓为壮语，足以立懦，信然。——《古今词话·词评》

（清）许昂霄："贪与萧郎眉语"二句入神。——《词综偶评》

（近代）俞陛云：上阕惜其轻盈，有杜牧诗"向春罗袖薄，谁念舞台风"之意。下阕窥其衷曲，有李端诗"欲得周郎顾，时时误拂弦"之意，后村词大率与稼轩相类，人称其雄力足以排奡，此词独标妩媚，殆如忠简梨涡、欧阳江柳耶？——《唐五代两宋词选释》

玉楼春·京市舞女　　（南宋）吴文英

茸茸狸帽遮梅额，金蝉罗剪胡衫窄。乘肩争看小腰身，倦态强随闲鼓笛。　　问称家住城东陌，欲买千金应不惜。归来困顿殢春眠，犹梦婆娑斜趁拍。

（宋）周密：都城自旧岁冬孟驾回，则已有乘肩小女、鼓吹舞绾者数十队，以供贵邸豪家幕次之玩。而天街茶肆，渐已罗列灯球等求售，谓之灯市。自此以后，每夕皆然。三桥等处，客邸最盛，舞者往来最多。每夕楼灯初上，则箫鼓已纷然自献于下，酒边一笑，所费殊不多，往往至四鼓乃还。自此日盛一日。姜白石有诗云"灯已阑珊月色寒，舞儿往往夜深还。只应不尽婆娑意，更向街心弄影看”。又云“南陌东城尽舞儿，画金刺绣满罗衣。也知爱惜春游夜，舞落银蟾不肯归”。吴梦窗《玉楼春》云“茸茸狸帽”云云，深得其意态也。——《武林旧事》

（明）卓人月：（末二句）身归魂未归。——《古今词统》

感旧歌者　（元）戴表元

牡丹红豆艳春天，檀板朱丝锦色笺。头白江南一尊酒，无人知是李龟年。有故国之思。

辛卯春尽，歌者王郎北游告别，戏题十四绝句，以当折柳赠别之外杂有寄托，谐谈无端，隐谜间出，览者可以一笑也　（清）钱谦益

桃李芳年冰雪身，青鞋席帽走风尘。铁衣毳帐三千里，刀软弓欹为玉人。

官柳新栽辇路旁，黄衫走马映鹅黄。垂金曳缕千千树，也学梧桐待凤凰。自注：时闻燕京郊外，夹路栽柳。

红旗曳掣倚青霄，邺水繁花未寂寥。如意馆中春万树，一时齐让郑樱桃。

筚篥休吹芦管喑，金樽檀板夜沉沉。莫言北地无

鸜鹆，乳燕雏莺到上林。

多情莫学野鸳鸯，玉勒金丸傍苑墙。十五胡姬燕赵女，何人不愿嫁王昌。

压酒胡姬坠马妆，玉缸重碧腊醅香。山梨易栗皆凡果，上苑频婆劝客尝。

阁道雕梁双燕栖，小红花发御沟西。太常莫倚清斋禁，一曲看他醉似泥。王郎云："此行将倚龚太常。"

可是湖湘流落身，一声红豆也沾巾。休将天宝凄凉曲，唱与长安筵上人。

邯郸曲罢酒人悲，燕市悲歌变柳枝。无复荆高旧徒侣，侯家一妪老吹篪。以下三首寄侯家故妓冬哥。

凭将红泪裹相思，多恐冬哥没见期。相见只烦传一语，江南五度落花时。

江南才子杜秋诗，垂老心情故国思。金缕歌残休怅恨，铜人泪下已多时。

灰洞溟蒙朔吹哀，离魂昔昔绕苏台。红香翠暖山塘路，燕子杨花并马回。范石湖云："涿南燕北，谓之灰洞。"

春风作态楝花飞，清醥盈觞照别衣。我欲覆巾施梵咒，要他才去便思归。

左右风怀老渐轻，捉花留絮漫多情。白头歌叟今禅老，弥佛灯前诅汝行。锡山云间徐叟。徐珂《清稗类钞》："熊雪堂侍郎闻之，和韵以讽曰：'金台玉峡已沧桑，细雨梨花枉断肠。惆怅虞山钱宗伯，浪垂清泪送王郎。'"〇按：王郎名王稼，一作子嘉，明末吴伶也，明慧善歌。

赠歌者王郎南归，和牧斋宗伯韵十四首　(清)龚鼎孳

吴苑曾看蛱蝶身，行云乍绕曲江尘。不知洗马情多少，宫柳长条欲似人。

醉抛锦瑟落花傍，春过蜂须未褪黄。十里芙蕖珠箔卷，试歌一曲凤求凰。

香鞯紫络度烟霄，金管瑶笙起碧寥。谁唱凉州新乐府，旧人弹泪觅红桃。

渔阳鼓动雨铃喑，长乐萤流皓月沉。不信铜驼荆棘后，一枝瑶草秀中林。

将身莫便许文鸯，罗袖能窥宋玉墙。归到茱萸沟

水上，一丛仙蕊拥唐昌。

盘髻挡筝各斗妆，当筵弹动舞山香。酒钱夜数留人醉，不是胡姬不可尝。

生成珠树有鸾栖，丞相钟鸣邸第西。为报五侯鲭又熟，平津花月贱如泥。

长恨飘零入洛身，相看憔悴掩罗巾。后庭花落肠应断，也是陈隋失路人。

萧骚蓬鬓逐春衰，入座偏逢白玉枝。珍重何戡天宝意，云门谁与奏埙篪。

天半明霞系客思，杜鹃无赖促归期。红泉碧树堪消暑，妒杀银塘倚笛时。

金谷人宜障紫丝，杜陵犹欠海棠诗。玉喉几许骊珠转，博得虞山绝妙辞。

烟月江南庾信哀，多情沉炯哭荒台。流莺正绕长楸道，不放春风玉勒回。

韦公词畔乳莺飞，花下闻歌金缕衣。细雨左安门

外路，一行芳草送人归。

初衣快比五铢轻，越水吴山并有情。一舸便寻香粉去，不须垂泪祖君行。

听歌口占　(清)赵执信

牢落周郎发兴新，管弦闲对自由身。早知才地宜江海，不道清歌误却人。

闻　歌　(清)刘大櫆

月明风细翠娥颦，一曲娇歌泪满巾。应是多情自伤别，不知比舍有离人。

赠歌者许云亭　(清)袁　枚

笙清簧暖小排当，绝代飞琼最擅场。底事一泓秋水剪，曲终人反顾周郎。

即席赠歌者　(清)史念祖

湓浦琵琶恨未深，六弦添出写秋心。弓弯破梦翩

跹舞，丝袅无痕宛转音。惜别大难蓝尾酒，用情容易白头吟。他年重访清江道，绿叶阴成何处寻。

蝶恋花 （近代）王国维

窈窕燕姬年十五。惯曳长裾，不作纤纤步。众里嫣然通一顾，通一顾谓互相之间看了一眼。陈师道《小放歌行》："不惜帘卷通一顾，怕君着眼未分明。"人间颜色如尘土。　一树亭亭花乍吐。除却天然，欲赠浑无语。当面吴娘夸善舞，可怜总被腰肢误。

（七）博弈及其他

观猎　（唐）王维

风劲角弓饰以兽角之弓。鸣，将军猎渭城。草枯鹰眼疾，雪尽马啼轻。忽过新丰市，还归细柳营。周亚夫屯军之所，此泛指军营。回看射雕处，千里暮云平。

（明）杨慎：五言律起句最难……王维“风劲弓角鸣，将军猎渭城”，杜子美“将军胆气雄，臂悬两角弓”，孟浩然“八月湖水平，涵虚浑太清”，虽律也，而含古意，皆起句之妙，可以为法，何必效晚唐哉。——《升庵诗话》

（清）施闰章：白尚书以祜观猎诗，谓张三较王右丞未敢优劣，似尚非笃论。祜诗曰“晓出禁城界，分围浅草中。红旗开向日，白马骤迎风。背手抽金镞，翻身控角弓。万人齐指处，一雁落寒空”。细读之，与右丞气象全别。——《蠖斋诗话》

（清）王夫之：后四语奇笔写生，毫端有风雨声。——《唐诗评选》

（清）黄生：起法雄警峭拔，三、四音复壮激，故五、六以悠扬之调作转，至七、八，再应转去，却似雕尾一折，起数丈矣。——《唐诗摘钞》

（清）王士禛：为诗结处总要健举，如王维“回看射雕处，千里暮云平”，何等气慨！——《燃灯纪闻》

（清）沈德潜：起手贵突兀。王右丞“风劲角弓鸣”，杜工部“莽莽万重山”，“带甲满天下”，岑嘉州“送客飞鸟外”等篇，直疑高山坠石，不知其来，令人惊绝。又曰：唐玄宗“剑阁横云峻”一篇，王右丞“风劲角弓鸣”一篇，神完气足，章法、句法、字法俱臻绝顶，此律诗正体也。——《说诗晬语》

又云：起二句，若倒转便是凡笔，胜人处全在突兀也。结亦有回身射雕手段。——《唐诗别裁集》

（清）施补华：起处须有峻嶒之势，收处须有完固之力，则中二联愈形警策。如摩诘“风劲角弓鸣，将军猎渭城”，倒戟而入，笔势轩昂。“草枯”一联，正写猎字愈有精神。“忽过”二句，写猎后光景，题分已定。收处作回顾之笔，兜裹全篇，恰与起笔倒入者相照应，最为整密可法。——《岘佣说诗》

能　画　　（唐）杜　甫

能画毛延寿，投壶郭舍人。每蒙天一笑，复似物皆春。政化平如水，皇恩断若神。时时用抵戏，亦未杂风尘。

夜看美人宫棋　　（唐）王　建

宫棋布局不依经，黑白相和子数停。巡拾玉沙天汉晓，犹残织女两三星。古人以星比棋子，有谓《咏方池》诗：“东道主人心匠巧，凿开方石贮涟漪。夜深却被寒星照，恰似仙翁一局棋。”

池上二绝（录一首）　　（唐）白居易

山僧对棋坐，局上竹阴清。映竹无人见，时闻下子声。

棋　　（唐）裴　说

十九条平路，言平又险巇。人心无算处，国手有输时。势迥流星远，声干下雹迟。临轩才一局，寒日又西垂。

观徐州李司空猎　（唐）张　祜

晓出禁城东，分围浅草中。红旗开向日，白马骤迎风。背手抽金镞，翻身控角弓。万人齐指处，一雁落寒空。

送国棋王逢　（唐）杜　牧

王子纹楸一路饶，饶，让也。李白《上皇西巡南京歌》："柳色未饶秦地绿，花光不减上阳红。"李渔《闲情偶寄》："常有贵禄荣名付之一掷，而与人围棋不肯以一着相饶者。"最宜簷雨竹萧萧。羸形暗去春泉长，拔势横来野火烧。守道还如周柱史，鏖兵不羡霍骠姚。得年七十更万日，《竹庄诗话》引《懒真子》云："七十更万日者，牧之时年四十二三，得至七十，犹有万日也。"与子期于局上销。

赠猎骑　（唐）杜　牧

已落双雕血尚新，鸣鞭走马又翻身。凭君莫射南来雁，恐有家书寄远人。

游仙诗　（唐）曹 唐

北斗西风吹白榆，穆公相笑夜投壶。花前玉女来相问，赌得青龙许赎无？

送棋客　（唐）陆龟蒙

满目山川似势棋，况当秋雁正斜飞。金门若召羊玄保，赌取江东太守归。

观北人围猎　（北宋）苏 颂

莽莽寒郊昼起尘，翩翩戎骑小围分。引弓上下人鸣镝，罗草纵横兽轶群。画马今无胡待诏，射雕犹惧李将军。山川自是从禽地，一眼平芜接暮云。

次韵和子由闻予善射　（北宋）苏 轼

中朝鸾鹭自振振，《诗·鲁颂》："振振鹭。"岂信边隅事执鼖。鼖读贲，平声。大鼓也。《周礼·地官》："鼓人，以鼖鼓鼓军事。"共怪书生能破的，也如骁将解论文。穿杨自笑非猿臂，射隼《易·系辞下》："公用'射隼于高墉之上'。"长思逐马军。观汝长身最堪学，定如髯羽便超群。《三国志》："诸葛亮答羽书曰：'犹未若髯之绝伦逸群也。'"

江城子·猎词　（北宋）苏 轼

老夫聊发少年狂，左牵黄，右擎苍，锦帽貂裘，千骑卷平冈。为报倾城随太守，亲射虎，看孙郎。《三国志·吴志》："（建安二十三年十月）权将如吴，亲乘马射虎于庱亭（今江苏丹阳东）。马为虎所伤，权投以双戟，虎却废，常从张世击以戈，获之。"酒酣胸胆尚开张，鬓微霜，又何妨。持节云中，何日遣冯唐。此处苏轼以魏尚自比，意谓不知何时朝廷才能重用自己。冯唐事见《史记》或《汉书·冯唐列传》。会挽雕弓如满月，西北望，射天狼。天狼，星宿名。主兵灾。《楚辞·九歌·东君》："举长矢兮射天狼。"

弈棋二首呈任公渐　（北宋）黄庭坚

偶无公事负朝暄，三百枯棋共一罇。《文选·博弈论》："枯棋三百，孰与万人之将。"坐隐不知岩穴乐，手谈胜与俗人言。《语林》曰："王中郎以围棋是坐隐，支公以棋为手谈。"簿书堆积尘生案，车马淹留客在门。战胜将骄疑必败，果然终取敌兵翻。

偶无公事客休时，席上谈兵校两棋。心似蛛丝游碧落，身如蜩甲蜩读条，平声。蝉也。《诗》："五月鸣蜩。"化枯枝。评诗者谓山谷此二句则苦思忘形，较胜负于一著，与王荆公措意异矣。荆公诗云："莫将戏事扰真情，且可随缘道我赢。战罢两奁收黑白，一枰何处有亏成。"湘东一目诚甘死，《南史》："王伟为侯景谋主，伟作《檄》云：'项羽重瞳尚有乌江之败，湘东一目，宁为赤县所归。'"天下中分尚可持。谁谓吾徒犹爱日，"爱日"见《法言》。参横月落不曾知。

(元)方回："碧落"、"枯枝"一联，尽弈者用心忘身之态。或者以为不如东坡"胜固欣然，败亦可喜"远矣。侯景之党王伟檄梁元帝云："项羽重瞳，尚有乌江之败；湘东一目，岂为赤县所归？"元帝盲一目，引用此事，谓其两眼而活，一眼而死，天下中分，或作三分，此又谓救棋各分占路数也。皆奇不可言。南朝梁武帝第七子，名绎，先封为湘东王，眇一目。——《瀛奎律髓汇评》

(清)冯舒：棋一目则死，湘东一目仍活，如何牵扯至此？〇方君云："奇不可言。"不通。——同上

(清)纪昀：已注又注，不成文理。——同上

(清)冯班："江西体"自好。"江西"佳作。——同上

(清)纪昀：三、四极力形容而语终浅近，五句用事又拙。——同上

水调歌头·九月望日，与客习射西园，余偶病不能射。

(北宋)叶梦得

霜降碧天静，秋事促西风。秋事指收割、制寒衣、狩猎等在秋季干的事。寒声隐地，杜甫《秦州杂诗二十首》："秋声殷地发，风散入云悲。""隐"与"殷"通。指秋声。初听中夜入梧桐。起瞰读嵌，去声。俯视也。高城回望，寥落关河千里，一醉与君同。叠鼓小击鼓谓之叠。闹清晓，飞骑引雕弓。　　岁将晚，客争笑，问衰翁。平生豪气安在？走马为谁雄？何似当筵虎士，挥手弦声响处，双雁落遥空。老矣真堪愧，回首望云

中。也可作为汉时的云中郡解。云中治所在今内蒙古克托东北，是当时的边庭重镇。魏尚、李广等都曾在此击溃匈奴。王维《老将行》："莫嫌旧日云中守，犹堪一战取功勋。"

（近代）俞陛云：石林居士著书百卷，藏书万卷，其词与苏、柳并传，不作柔殢妇人语。此词上阕起结句咸有峭劲之致。下阕清气往来，十句如一句写出，自谓豪气安在，其实字里行间，仍是百尺楼头气概也。——《唐五代两宋词选释》

水龙吟·从商帅国器商州防御使完颜斜烈，字国器。猎，同裕之赋裕之，元好问。 （金）王　渥

短衣匹马清秋，惯曾射虎南山下。杜甫《曲江三章》："短衣匹马随李广，看射猛虎终残年。"西风白水，石鲸鳞甲，汉代长安昆明池中石刻鲸鱼。杜甫《秋兴八首》："石鲸鳞甲动秋风。"山川图画。千古神州，一时胜事，宾僚儒雅。快长堤万弩，用吴越王钱镠筑钱塘江堤事。平冈千骑，苏轼《江城子·密州出猎》："锦帽貂裘，千骑出平冈。"波涛卷，鱼龙夜。　　落日孤城鼓角，笑归来，长围初罢。风云惨澹，貔貅得意，旌旗闲暇。万里天河，更须一洗，中原兵马。看鞬櫜读坚高，皆平声。盛箭的器具。呜咽，咸阳道左，拜西还驾。

东丹骑射 （金）元好问

意气曾看小字诗，画图今又识雄姿。血毛不见南

山虎，想得弦声裂石时。

水龙吟·从商帅国器猎于南阳，同仲泽、鼎玉赋此

（金）元好问

少年射虎名豪，言商帅犹李广。等闲赤羽千夫膳。杜甫《故武卫将军挽词》："赤羽千夫膳，黄河十月冰。"金铃锦领，平原千骑，星流电转。路断飞潜，雾随腾沸，长围高掩。看川空谷静，旌旗动色，得意似、平生战。 城月迢迢鼓角，夜如何？军中高宴。江淮草木，淝水之战，苻坚战败，军队奔溃，望八公山草木皆以为晋兵。中原狐兔，隐喻蒙古兵。先声自远。盖世韩彭，可能只办，寻常鹰犬。韩信、彭越只不过是供人驱使的鹰犬。问元戎早晚，鸣鞭径去，解天山箭。三箭定天山的薛仁贵早晚可望平定边患。

题唐三学士弈棋图　（明）瞿佑

三人当局各藏机，思入幽玄下子迟，毕竟是谁高一着，风檐日影静中移。

后观棋绝句六首（录三首）　（清）钱谦益

一枰荦确竞秋风，对局旁观意不同。眼底三人皆国手，莫将鼎足笑英雄。周老，姚生对弈，汪幼青旁观。实谓南北与

海上三家也。

寂寞枯枰响泬漻，秦淮秋老咽寒潮。白头灯影凉宵里，一局残棋见六朝。

飞角侵边劫正阑，当场黑白尚漫漫。老夫袖手支颐看，残局分明一着难。

张东山少司寇宅观奕　（清）陈廷敬

真见长安似弈棋，故山回首烂柯迟。古松流水幽寻后，清簟疏帘对坐时。旧垒沧桑初历乱，曙天星斗忽参差。只应万事推枰外，夜雨秋灯话后期。

咏风鸢学江东体晚唐诗人罗隐的咏物诗，往往寄意深远，语含讽谕，他自号江东生，所以称此类作品为江东体。　（清）赵执信

节候迁移物象分，春深城野见纷纭。偶缘涂饰能成质，才有因依便入云。线影暗凭童稚引，风声高逼帝天闻。伤鸿病鹤知多少，息羽垂头合让君。

戏咏不倒翁　（清）韦谦垣

罄折无心与俗谋，颠危幸免复何求。神全本不须

蛇足，项短居然是虎头。借面未妨侪傀儡，低眉差喜异俳优。世间豪杰谁推倒？位置高应百尺楼。

西厂观烟火　　（清）赵 翼

晚直郊园月未斜，升平乐事览繁华。九边尘静平安火，上苑春催顷刻花。跋浪鱼龙烟似海，劈空雷电炮为车。归途尚有余光照，一路林峦映紫霞。

已亥杂诗（其二九二）　　（清）龚自珍

八龄梦到矍相圃，《礼·射义》：“孔子射于矍相之圃。”是古代乡大夫在饮宴时举行射箭的礼仪。今日五君来作主。我欲射侯侯，是用皮或布做成的箭靶。《礼仪·乡射礼》：“凡侯，天子熊侯，白质；诸侯麋侯，赤质；大夫布侯，画以虎豹；士布侯，画以鹿豕。”陈礼容，摆出乡射礼的仪式。可惜行装无白羽。

主要参考文献

（按图书首字音序排列）

《白居易集》，顾学颉校点，北京：中华书局，1979 年。

《曹邺诗注》，梁超然、毛水清注，上海：上海古籍出版社，1982 年。

《长江集新校》，李嘉言新校，上海：上海古籍出版社，1983 年。

《陈与义集》，吴书荫、金德厚点校，北京：中华书局，1982 年。

《陈子龙诗集》，施蛰存、马祖熙标校，上海：上海古籍出版社，1983 年。

《崔颢崔国辅诗注》，万竞君注，上海：上海古籍出版社，1982 年。

《杜审言诗注》，徐定祥注，上海：上海古籍出版社，1982 年。

《杜诗镜铨》，（清）杨伦，上海：上海古籍出版社，1962 年。

《樊川诗集注》，（清）冯集梧注，上海：上海古籍出版社，1978 年。

《冯延巳词新释辑评》，叶嘉莹主编，黄进德编著，北京：中国书店，2006 年。

《高适集校注》，孙钦善校注，上海：上海古籍出版社，1984 年。

《高则诚集》，张宪文、胡雪冈辑校，杭州：浙江古籍出版社，1992 年。

《龚自珍编年诗注》，刘逸生、周锡䪖注，杭州：浙江古籍出版社，1995 年。

《龚自珍己亥杂诗注》，刘逸生注，北京：中华书局，1980 年。

《顾亭林诗笺释》，王冀民笺释，北京：中华书局，1998 年。

《韩昌黎诗系年集释》，钱仲联集释，上海：上海古籍出版社，1994 年。

《后山诗注补笺》，任渊注，冒广生补笺，冒怀辛整理，北京：中华书局，1995 年。

《淮海集笺注》，徐培均笺注，上海：上海古籍出版社，2000 年。

《稼轩词编年笺注》，邓广铭笺注，上海：上海古籍出版社，1993 年。

《姜白石词编年笺校》，夏承焘笺校，上海：上海古籍出版社，1998 年。

《李清照集校注》，王仲闻校注，北京：人民文学出版社，1979 年。

《李商隐诗集疏注》，叶葱奇疏注，北京：人民文学出版社，1985 年。

《李叔同诗全编》，余涉编注，杭州：浙江文艺出版社，1995 年。

《李太白全集》,(清)王琦注,北京:中华书局,1977年。

《李益诗注》,范之麟注,上海:上海古籍出版社,1984年。

《林景熙诗集校注》,陈增杰校注,杭州:浙江古籍出版社,1995年。

《刘克庄词新释辑评》,叶嘉莹主编,欧阳代发、王兆鹏编著,北京:中国书店,2001年。

《刘禹锡集笺证》,瞿蜕园笺证,上海:上海古籍出版社,1989年。

《刘长卿诗编年笺注》,储仲君撰,北京:中华书局,1996年。

《柳如是集》,周书田、范景中辑校,杭州:中国美术学院出版社,2002年。

《柳宗元诗笺释》,王国安笺释,上海:上海古籍出版社,1993年。

《卢照邻集·杨炯集》,徐明霞点校,北京:中华书局,1980年。

《卢照邻集笺注》,祝尚书笺注,上海:上海古籍出版社,1994年。

《陆游词新释辑评》,叶嘉莹主编,王双启编著,北京:中国书店,2001年。

《罗隐集》,雍文华校辑,北京:中华书局,1983年。

《骆临海集注》,(清)陈熙晋笺注,上海:上海古籍出版社,1985年。

《马戴诗注》,杨军、戈春源注,上海:上海古籍出版社,1987年。

《梅尧臣集编年校注》,朱东润编年校注,上海:上海古籍出版社,1980年。

《孟浩然集校注》,徐鹏校注,北京:人民文学出版社,1989年。

《孟郊集校注》,韩泉欣校注,杭州:浙江古籍出版社,1995年。

《孟郊诗集校注》,华忱之、喻学才校注,北京:人民文学出版社,1995年。

《明诗话全编》,吴文治主编,南京:江苏古籍出版社,1997年。

《纳兰词笺注》,张草纫笺注,上海:上海古籍出版社,1995年。

《纳兰性德词新释辑评》,叶嘉莹主编,张秉戍编著,北京:中国书店,2001年。

《瓯北集》,李学颖、曹光甫校点,上海:上海古籍出版社,1997年。

《欧阳修词新释辑评》,叶嘉莹主编,邱少华编著,北京:中国书店,2001年。

《欧阳修全集》,北京：中国书店,1986 年据世界书局 1936 年版影印本。
《钱起诗集校注》,王定璋校注,杭州：浙江古籍出版社,1992 年。
《秦观词新释辑评》,叶嘉莹主编,徐培均、罗立刚编著,北京：中国书店,2003 年。
《清八大名家诗集》,钱仲联选编,陈铭校点,长沙：岳麓书社,1992 年。
《清诗纪事》,钱仲联主编,南京：江苏古籍出版社,1987 年。
《清真集校注》,孙虹校注,薛瑞生订补,北京：中华书局,2002 年。
《瞿式耜集》,苏州地方史研究室整理,上海：上海古籍出版社,1981 年。
《全辽诗话》,蒋祖怡、张涤云整理,长沙：岳麓书社,1992 年。
《全宋词》,唐圭璋编,北京：中华书局,1965 年。
《全唐五代词释注》,孔范今主编,西安：陕西人民出版社,1998 年。
《全五代诗》,(清)李调元编,何光清点校,巴蜀书社,1991 年。
《人境庐诗草笺注》,钱仲联笺注,上海：上海古籍出版社,1981 年
《戎昱诗注》,臧维熙注,上海：上海古籍出版社,1982 年。
《三家评注李长吉歌诗》,王琦等评注,北京：中华书局,1964 年。
《山谷诗集注》,(宋)任渊、史容、史季温注,黄宝华点校,上海：上海古籍出版社,2003 年。
《诗歌总集丛刊·清诗卷·晚晴簃诗汇》,徐世昌辑,上海：上海三联书店,1989 年。
《宋词鉴赏辞典》,缪钺、霍松林、周振甫等撰,上海：上海辞书出版社,1987 年。
《宋词鉴赏辞典》,夏承焘、唐圭璋、缪钺等撰,上海：上海辞书出版社,2003 年。
《宋诗纪事》,(清)厉鹗辑选,上海：上海古籍出版社,1983 年。
《宋诗纪事补遗》,(清)陆心源撰,徐旭、李建国点校,太原：山西古籍出版社,1997 年。
《宋诗纪事续补》,孔凡礼辑撰,北京：北京大学出版社,1987 年。
《苏轼词编年校注》,邹同庆、王宗堂校注,北京：中国书店,2007 年。
《苏轼词新释辑评》,叶嘉莹主编,朱靖华、饶学刚、王文龙等编著,北京：中国书店,2007 年。

《苏轼诗集》,(清)王文诰辑注,孔凡礼校点,北京:中华书局,1982年。
《苏舜钦集》,沈文倬校点,上海:上海古籍出版社,1981年。
《苏辙集》,陈宏天、高秀芳点校,北京:中华书局,1990年。
《唐诗汇评》,陈伯海主编,杭州:浙江教育出版社,1995年。
《唐诗纪事》,(宋)计有功撰,上海:上海古籍出版社,1965年。
《唐诗鉴赏辞典》,萧涤非、周汝昌、程千帆等撰,上海:上海辞书出版社,1983年。
《唐诗鉴赏辞典补编》,周啸天主编,成都:四川文艺出版社,1991年。
《唐宋词汇评》(唐、五代卷),王兆鹏主编,杭州:浙江教育出版社,2004年。
《唐宋词汇评》,吴熊和主编,杭州:浙江教育出版社,2004年。
《唐宋词鉴赏辞典》,唐圭璋、缪钺、叶嘉莹等撰,上海:上海辞书出版社,1988年。
《王昌龄诗注》,李云逸注,上海:上海古籍出版社,1984年。
《王国维诗词全编校注》,陈永正校注,广州:中山大学出版社,2000年。
《王绩诗注》,王国安注,上海:上海古籍出版社,1981年。
《王建诗集校注》,尹占华校注,成都:巴蜀书社,2006年。
《王荆公诗注补笺》,(宋)李壁注,李之亮补笺,成都:巴蜀书社,2002年。
《王十朋全集》,梅溪集重刊委员会编,上海:上海古籍出版社,1998年。
《王维集校注》,陈铁民校注,北京:中华书局,1997年。
《王阳明全集》,吴光、钱明、董平等编,上海:上海古籍出版社,1992年。
《王沂孙词新释辑评》,叶嘉莹主编,高献红编著,北京:中国书店,2006年。
《王子安集注》,(清)蒋清翊注,上海:上海古籍出版社,1995年。
《韦应物集校注》,陶敏、王友胜校注,上海:上海古籍出版社,1998年。
《韦庄词校注》,刘金城校注,夏承焘审订,中国社会科学出版社,1981年。
《韦庄集笺注》,聂安福笺注,上海:上海古籍出版社,2002年。
《温飞卿诗集笺注》,(清)曾益等笺注,上海:上海古籍出版社,1980年。

《温庭筠词新释辑评》，叶嘉莹主编，张红、张华编著，北京：中国书店，2003年。
《吴梅村全集》，李学颖标校，上海：上海古籍出版社，1990年。
《吴文英词新释辑评》，叶嘉莹主编，赵慧文、徐育民编著，北京：中国书店，2007年。
《夏完淳集笺校》，白坚笺校，上海：上海古籍出版社，1991年。
《辛弃疾词新释辑评》，叶嘉莹主编，朱德才、薛祥生、邓红梅编著，北京：中国书店，2006年。
《须溪词》，吴企明校注，上海：上海古籍出版社，1998年。
《薛涛诗笺》，张篷舟笺，北京：人民文学出版社，1983年。
《晏殊词新释辑评》，叶嘉莹主编，刘扬忠编著，北京：中国书店，2003年。
《瀛奎律髓汇评》，(元)方回选评，李庆甲集评校点，上海：上海古籍出版社，1986年。
《于湖居士文集》，徐鹏校点，上海：上海古籍出版社，1986年。
《元好问全集》，姚奠中主编，李正民增订，太原：山西古籍出版社，2004年。
《元明清诗鉴赏辞典》，钱仲联、章培恒、陈祥耀等撰，上海：上海辞书出版社，1994年。
《元诗纪事》，陈衍辑撰，李梦生校点，上海：上海古籍出版社，1987年。
《元稹集》，冀勤点校，北京：中华书局，1982年。
《曾巩集》，陈杏珍、晁继周点校，北京：中华书局，1984年。
《张继诗注》，周义敢注，上海：上海古籍出版社，1987年。
《张先集编年校注》，吴熊和、沈松勤校注，杭州：浙江古籍出版社，1996年。
《郑谷诗集笺注》，赵昌平、黄明、严寿澄笺注，上海：上海古籍出版社，1991年。
《周邦彦词新释辑评》，叶嘉莹主编，王强编著，北京：中国书店，2006年。

图书在版编目(CIP)数据

诗词探玄 / 王光铭选编. —杭州：浙江大学出版社，2017.12

ISBN 978-7-308-15146-7

Ⅰ. ①诗… Ⅱ. ①王… Ⅲ. ①诗词—诗歌欣赏—中国 Ⅳ. ①I207.2

中国版本图书馆 CIP 数据核字（2015）第 224117 号

诗词探玄

王光铭　选编

出版统筹　曾建林
责任编辑　张小苹
责任校对　杨利军　田程雨
封面设计　续设计
出版发行　浙江大学出版社
（杭州市天目山路 148 号　邮政编码 310007）
（网址：http://www.zjupress.com）
排　　版　浙江时代出版有限公司
杭州林智广告有限公司
印　　刷　虎彩印艺股份有限公司
开　　本　710mm×1000mm　1/16
印　　张　224.25
插　　页　2
字　　数　3337 千
版 印 次　2017 年 12 月第 1 版　2017 年 12 月第 1 次印刷
书　　号　ISBN 978-7-308-15146-7
定　　价　600.00 元(全七册)